Thorsten Pütz

FLUSS SEIT WÄRTS

Erzählung

»Die Ewigkeit der Kindheit ist nur kurz, aber das weiß er noch nicht; die Landschaft gleitet vorüber.«

Michel Houellebecq,
›Elementarteilchen‹

Für B. C. L.
Und die Gypsi.

KAPITEL 1

Laut meiner Mutter bin ich an den letzten zwei Erdbeben in Deutschland Schuld. Oder war besser gesagt in irgendeiner Form an ihrer Entstehung beteiligt. Und es ist zumindest kein Fehler, sich einmal mit dieser Aussage zu beschäftigen. Also mache ich das, was ich schon als kleines Kind machte: Ich lege mich auf den frisch gemähten Rasen eines Dorffußballplatzes und schaue in den Himmel. Es ist Sommer, es ist heiß. Es ist der 25. Juli 2017. Das Gras ist frisch gemäht und riecht auch so. Man denkt sich häufig: Jeder weiß, wie frisch gemähtes Gras riecht. Aber das stimmt so einfach nicht. Zur flirrenden Hitze gesellt sich eine Stille, die so nur die deutsche Pampa herstellen kann. Ein paar Vögel kreisen am Horizont, und diese Stille wird nur unterbrochen vom Geräusch eines großen gelben Rasensprengers, dessen Wasserstrahl rhythmisch von einem Trenner zerschlagen wird. Tscht, tscht – und du wirst mit etwas Wasser beträufelt. Feine Tropfen befeuchten die Stirn. Ist vielleicht auch Humbug, aber noch heute kommt es mir so vor, als würde mir nicht mein Herz den Takt durch all die Tage vorgeben, sondern das Trennergeräusch des Rasensprengers. Dort liegen, in den Himmel schauen und einfach so rumdenken: großartig. Das war früher. Jetzt ist heute.

Was mir noch einfällt zur deutschen Pampa von eben: diese Hitze, die man als Kind so abgefeiert hat, beklemmt einen als Erwachsenen geradezu. Es gibt in der Gegenwart Sommertage, an denen ich meine Eltern besuche. Wie ihr alle hoffentlich auch. Oft gehe ich dann alleine durchs

Dorf. Und es ist schwer zu erklären, aber all die gleich ausschauenden Häuser, die Vorgärten, die Gärten und all die Biere, der Grillgeruch, die Familien und Freunde dort: es beklemmt mich. Das gleiche Szenario ist im Winter deutlich einfacher zu ertragen. Die Hitze allerdings scheint mir als unsichtbare Materie über den Asphalt zu kriechen und mich unfreundlich anzuwehen. Oftmals ist es gar unerträglich.

Und dort, dort passiert tagelang nichts. Man kann dort mindestens 56,5 Stunden am Stück sitzen und z. B. verschiedene alkoholische Kaltgetränke konsumieren. Erstens interessiert es keinen und zweitens ist es denen, die es bemerken, zu Recht total egal. Man vermeidet dann natürlich doch die Getränke, weil es einen merklich irgendwo hinzieht, wo man nicht sein möchte.

Es ist für viele Menschen in der Pampa ein ganz normaler Vorgang, an Sommersamstagen in den Supermärkten, die bereits zu kleinen Versorgungszentren verdichtet wurden, Dinge einkaufen zu gehen. Dann kommt später Fleisch auf den Grill und Bier in den Hals. Für viele ein Traumtag, für mich mehr Horror als diese tumben Clowns, die urplötzlich völlig abgestumpft in dunklen U-Bahn-Unterführungen stehen und arglose Passanten aufscheuchen. Arglos, ein wunderbares Wort. Fast noch besser als ahnungslos, wobei ahnungslos halt immer diesen Dummheitstouch beinhaltet. Wobei: arglos auch, aber egal. Denn in der Hoffnung liegt die Kraft, und erst wenn der Erste der Letzte ist, wird am besten gelacht. So oder so ähnlich kommen seit Jahren die Gespräche bei mir an, wenn zwischen Bitburger und Schnäpsen kurz paar Politiker ermordet, die schwarzen Familienschafe zum x-ten Mal verurteilt und die Nachbarn sowieso grundsätzlich mit ›die haben einen an der Klatsche‹ beschrieben werden. Das ist zwar alles schön und gut – und trotzdem sehr beschissen. Denn ich glaube irgendwie daran, dass das schon etwas damit zu tun hat, wie sich dort viele Dinge entwickelt haben. Aber ehrlich gesagt entwickelt sich da nicht viel; und wenn, dann eher in Richtung ›German Angst‹, teutonische ›My home ist my castle‹-Attitüde und noch mehr Gespräche mit dem neuen Rasenmäher vom Obi, der natürlich zuhören muss, wenn man sein Leid klagt. Das Leid heißt oft Ali und hat einen Sohn, der deutsche Frauen klaut. Jetzt kann man einwerfen: ›Viel zu pauschal, du scherst ja alle über einen Kamm‹. Kann man. Aber irgendwie muss man es ja sagen. Weil man über Pauschales an Dezidiertes gelangen kann. Und es Klischees ja auch nur deshalb gibt, weil sie so oft stimmen. Tut mir leid, Günther; sorry, Hermann; bis bald, Franz. Ist halt so. Und diese Hitze dann immer. Es wäre wirklich eine sehr saubere Sache, wenn einem nur die zu Kopf stiege. Und nicht all der Wirrwarr, der einem dort entgegenschlägt. Dieses kosmische Chaos aus Rassismus, begründeten Ängsten, saufenden Brüdern, arbeitslosen Schwestern und vielen zumindest leicht übergewichtigen Kindern. Oft aber auch einfach nur Dicken. Wenn man da eine Stunde konzentriert zuhört, hat man bereits eine Stunde den nächsten Weltuntergang mit vorbereitet. Manchmal überkommt mich das Gefühl, dass ich für manche dieser Gespräche, an denen ich zunächst konzentriert teilnahm, um schnell in tiefster Apathie zu versinken, Jahre gebraucht habe. Jahre, um ihren Inhalt nicht zu verstehen.

Jedoch muss man diese Dinge auch nicht verstehen. Man muss nur dagegen angehen, andenken, dann anschreiben.

Vor kurzem habe ich ein Buch des norwegischen Autors Tomas Espedal gelesen. Er schreibt dort: ›Man muss sich diesem Gedanken einmal stellen: Du wirst dein Leben lang mit dir selbst leben. Du kannst eine neue Geliebte finden, du kannst Freunde und Familie verlassen, verreisen, eine neue Stadt und neue Ort finden, du kannst verkaufen, was du besitzt, und dich von allem trennen, was dir nicht passt, aber solange du lebst, wirst du dich nicht von dir selbst trennen können.‹ Diesen Satz sollte man als Typoplakat – schwarz auf weiß – in den Aufenthaltsraum einer Psychiatrie hängen, immer in Sichtweite der Suizidgefährdeten oder der einmal oder bereits mehrmals am Suizid Gescheiterten. So als die totale Wahrheit, bisschen Naziterror bei den Todtraurigen machen, bisschen Rambazamba auf der Hirnrinde. Wobei das, glaube ich, scheitern wird. Kapieren viele – wenn überhaupt – dann bestimmt andersrum. Weil ich denke, dass der Satz bei allen Suizidgefährdeten wohl eher die Funktion einer 357er Magnum Smith & Wesson hat. Herrndorf, Wolfgang, Ruhe in Frieden, danke dir für ›Tschick‹ und jeden anderen Satz jeden anderen Tag. Abgeschweift. Das ist aber schön, weil es Spaß macht. Warum ich eben Espedal zitierte: Man muss für sich selber einen Weg finden, mit den Dingen umzugehen. Denn die Sätze der anderen können uns verändern. Das macht was mit uns, in uns. Hierzu kurz Lars Eidinger, der bei einer von Stuckrad-Barres Homestorys auf ARD-alpha ab Minute 22:40 unfassbar wichtige Worte aus dem Mund schüttelt, als er über Wildkängurus in Australien redet: ›Dieses Känguru z. B. hat aus dem Mülleimer gefressen. Und wenn sich 'n Känguru – oder überhaupt ein Tier – vom Müll ernährt, dann verliert es seine Ängste, seine Instinkte. Es wird träge. Und da habe ich gedacht: Ja, genau so ist es, wenn wir diese Scheiße fressen, wenn wir uns im

Fernsehen irgend 'ne Scheiße reinziehen, das macht was mit uns. Man muss sich nicht vormachen, dass man jeden Kack machen kann und es prallt einfach an einem ab. Das verändert einen.‹ Dann sagt er noch andere gute Sachen und dann wieder ›Das beschädigt einen.‹ Und Espedal plus Eidinger ergibt: richtig, das Anschreiben, das Andenken gegen diese Dinge. Ein Move in die richtige Richtung. Tja.

Ich bin Andi Frantzen, 35 Jahre alt, und hatte noch nie im Leben Schuld an einem Erdbeben. Ich liege nur gerade auf einem Fußballplatz im Gras und schaue denkend rum. Und bin der Meinung, dass wir alle in denselben Himmel schauen, dass Empfindsamkeit extrem wichtig und die Sehnsucht nach Gesprächen, Themen, Identitäten, nach Nächten und Liebe unser größtes Glück ist. Der Wind weht warm. Und ich bin glücklich. Weiterhin bin ich der Meinung, dass es nicht an mir liegt, wenn die Hitze, die mich damals glücklich machte, heute Beklemmungen in mir auslöst. Und es liegt auch nicht nur an den Menschen, die ich vorhin beschrieben habe. Es ist etwas anderes, das sich über dieses Land gelegt hat: etwas, das sich so anfühlt wie der erste nächtliche Gang auf fremdem Terrain. Oder wie das ›Nein‹ auf dem ›Willst du mit mir gehen‹-Zettel. Es tut halt weh.

Doch es ist ein Teil von mir.

KAPITEL 2

»Na Larry, alles latscho?« Ich hatte Klaas am Telefon.

»Ich heiß nicht Larry«, sagte Klaas.

»Aber ist denn alles latscho?«

»Was heißt latscho?«

»Ob alles locker ist, Alter.«

»Joa, geht so.«

»Was geht so?«

»Wie es mir geht.«

»Dir geht's also geht so?«

»Das geht so.«

»Hä? Was geht geht so?«

»Das geht so: man kann sagen, dass es einem geht so geht.«

»Aha.«

»Ja.«

»Bier?«

»Ja.«

»Wann?«

»Wenn's geht.«

»Du Spacken, Alter ...«, beendete ich das Gespräch, indem ich gut auflegte.

Eine gute Stunde später saßen wir also in einer Kneipe und tranken die Biere, zu denen wir uns am Telefon verabredet hatten. Das erste Bier ist übrigens immer gut. Das zweite am besten. Das dritte ist besser als das erste, das vierte ist ganz ausgezeichnet, das fünfte auch, bei den restlichen geht es nicht mehr um den Geschmack, sondern es geht um den Rausch. Ein gutes, ein langsames Vergessen. Nicht wie bei

Wein oder Schnaps, nicht so ungeduldig, nicht so beflissen; wir werden hier lange sitzen, das ist die Kunst, zu sitzen und zu trinken, einen ganzen Abend, bis in die Nacht hinein, darin besteht die Kunst: so lange ruhig sitzen zu bleiben, bis du dich bewegst. Sachte und unbeschwert reist du fort von dir selbst. Im Rausch dann allerdings erwischst du dich manchmal doch bei dem Gedanken: ›Noch ist alles gut. Aber das wird sich ändern.‹ Im Gesamten, also im Leben. Aber dann das nächste Bier. Und wir danken Espedal. Für Biere und die erwähnten Gedanken zu den Bieren.

»Schreibt man eigentlich Briefe, um seine Einsamkeit aufzuheben oder um sie zu besiegeln?«, faselte ich irgendwann Klaas an, »und kennst du eigentlich einen Klaus Daimler?«

»Nein. Wieso? Hat der das mit dem Brief gesagt?«

»Das mit dem Brief hat keiner gesagt – das hat einer geschrieben.«

»Und wer?«

»Dein Vater, die räudige Schwachbirne.«

»Komm jetzt, bitte.«

»Ein norwegischer Schriftsteller hat das geschrieben.«

»Norwegen. Schönes Land.«

»So schön wie Schweden?«

»Nee, Schweden ist das schönste Land der Welt.«

»Das erinnert mich vom Rhythmus an …«

»Fußball ist der geilste Sport …«

»Genau.«

»Was macht der norwegische Schriftsteller so?«

»Der schreibt so Sätze wie vorhin, die dann zu Texten, dann zu Büchern werden.«

»Aha«, bemerkte Klaas, gefühlt noch zu nüchtern.

Klaus Daimler. Klaus Daimler ist ein Charakter aus Wes Andersons ›Die Tiefseetaucher‹. Klaus Daimler also. Tja. Das ist ja noch nicht einmal ein urdeutscher Gesamtname, sondern eine völlig irre Kombination zweier urdeutscher Namen. Vor einigen Jahren bin ich mal mit dem Zug an Mainz vorbeigefahren. Mainz am Rhein. Klingt wie Weil am Rhein, ist aber Mainz am Rhein. In einem Regionalexpress war das. Ich weiß nicht mehr genau, wo ich hingefahren bin – aber ganz genau weiß ich, dass damals noch im Zug geraucht werden durfte. Und jeder der Typen, die da in ihren Abteilen die eine oder andere Kippe weggezogen haben, hätte Klaus Daimler heißen können. Weil die irgendwie alle urdeutsch aussahen. Man muss das jetzt gar nicht beschreiben – kein Kafka heute –, man weiß das einfach jetzt schon. Die Gleise führten auf jeden Fall ziemlich nah am Rhein vorbei. Es war ein lauer Frühlingstag. Ich weiß ja nie, wieso das alles so an einem vorbeizieht, diese Landschaft und damit auch immer irgendwie ein ganzes Leben, meins, deins, seins: ich würd mal sagen, von jedem. Aber es war schön dort. Ich meine damit konkret: Es ist ein Teil von Deutschland, der vom Zugfenster aus schön anzuschauen ist. Rheinhessen: Wasser. Vögel. Luft. Insekten. Warmer Zugwind, der die Hand umspielte, die man kurz raushielt. Hält man seine Hand eigentlich aus dem Zug, weil man den Fahrtwind spüren möchte, oder doch eher, um sich ein kleines Stück ›Hier & Jetzt‹ aus der Welt zu greifen?

Ich weiß es nicht. Ich finde aber beides sehr schön. Draußen zog damals ein Deutschland vorbei, das nur ein Jahr vorher offiziell seinen Nationalstolz wieder zeigen durfte. Es war ein Land, das noch sehr 3.-Platz-trunken war. Was ich meine: sogar Flagge zeigen war ja damals wieder en vogue. Es ist mir bis heute unerklärlich, wie das alles wieder kippen konnte. Wie aus Schwarz-Rot-Gold wieder Schwarz-Rot-

Braun werden konnte.
»Wie konnte eigentlich aus Schwarz-Rot-Gold wieder Schwarz-Rot-Braun werden?«, fragte ich Klaas.

»Das ist eine Toxoplasma-Frage.«

»Bitte was?«

»Auf eine Frage antwortet man nicht mit einer Gegenfrage.«

»Ach ja, Toxoplasma, Deutschpunk.«

»Deutschland, wo sind deine Werte …«

»Es sieht finster aus …«

»An den Wänden Hakenkreuze …«

»Und Fremde sollen raus.«

»Schwarz-Rot-Braun …«

»Sind die Farben deiner Fahne …«

»Schwarz-Rot-Braun …«

»Und du hast nichts dazugelernt«, sang ich den Refrain des Songs zu Ende.

›Schwarz. Tot. Braun‹, so hörte ich es in mir. Aber darum geht's hier gerade gar nicht, das ist jetzt gar nicht das Hauptproblem. Das soll hier jetzt gar nicht verhandelt werden. Weil mir damals im Zug, Mainz passierend, was viel Selteneres und daher viel Wichtigeres eingefallen ist: Viele der von mir erwähnten Klaus Daimlers haben nämlich weibliche Entsprechungen, die ebenfalls mit im Zug saßen. Nennen wir sie die Gudrun Boschs dieser Nation. Unterschiedliche Menschen, eine Verbindung: sie saßen beide im Regional-Express, der an Mainz vorbeifuhr. Was fühlten sie im Abteil, was dachten sie? Hoffentlich durchweg Gutes. Denn ich habe einmal gelesen, dass ein furchtbarer Gefühlszustand ein furchtbarer Denkzustand ist. In einem Buch, das »Das Ende der Liebe – Gefühle im Zeitalter unendlicher Freiheit« heißt. Als ich damals im

Zug saß, gab's das Buch noch gar nicht. Doch heute denke ich, dass ich damals dachte, was ich erst später las. Besser noch: ich fühlte das, was ich damals dachte, aber noch nicht gelesen hatte, bereits sehr stark. Weil es einfach und immer und überall darum geht, dass die Menschen frei sind. Und die freien Menschen fallen auf durch ihre Hoffnung. Sie sind ruhelos, ständig in Bewegung. Wenn sie keine Ziele haben, blicken sie umher. Wenn sie keinen Weg haben, träumen sie. Sie sitzen im Zug und lesen in einer Zeitschrift. Doch keiner, der den Wagen durchquert, entgeht ihrem Blick. Wenn sie Schritte hören oder das Zischen der Abteiltür, schauen sie auf. Es könnte der Erhoffte sein. Auch das habe ich aus dem Buch mit dem Ende der Liebe. Und das ist doch eine so wahnsinnig viel seltenere und daher schönere Beschreibung meiner und der Binnenverfassung anderer Zugreisender. Doch beide Geschichten – Schwarz-Rot-Braun und Gudrun Bosch – haben damals wie heute den gleichen Realitätsabstand: nämlich keinen.

Wir tranken unser Bier aus und traten aus der Kneipe auf die Straße. Jeder Tag verdient eine letzte Zigarette. Es war Nacht. Ein Renault 14 fuhr an uns vorbei. Und ich wurd irgendwie nicht mehr, weil der noch gelbe Scheinwerfer hatte und mir kurz davor mal jemand erzählt hatte, dass die sogenannte EU die gelben Scheinwerfer – bekannt aus Paris, Metz oder Marseille – in Frankreich verboten hatte. In Deutschland waren die, glaube ich, nie erlaubt. Es ist mir auch total egal, ob das richtig ist. Das Ding ist nämlich, dass das total geil war, wenn man früher aus Deutschland nachts in Richtung Frankreich gefahren ist.

Nur ein kurzes Stück deutsche Autobahn nämlich: weiß, hell, bisschen morbid alles auch immer. Dann aber, wenn man auf der A 44 die deutsch-belgische Grenze passierte und Richtung Liège fuhr: gelb, warm, allen Lebewesen zuträglicher. Noch lebensbejahender dann in Frankreich: Ich erinnere mich noch heute daran, wie alles wärmer wurde, je mehr Autos mit gelben Scheinwerfern ich sah. Wie die Nacht auf der Autobahn eine komplett andere Stimmung in mir erzeugte und ich ein zu weißes, zu belichtetes Land hinter mir ließ. So durch Frankreich zu fahren ist, als würde die Sonne nachts scheinen.

KAPITEL 3

Helle Einsicht ist oft bestürzend. Und es gibt viele dieser kleinen, seltsamen Geschichten, die einen um den Schlaf bringen. Einmal gingen wir nach einem recht anstrengenden Fußballmatch – Käfig, 5 gegen 5 – noch in die Kneipe und dann zu mir, um die ganze Sehnsuchtslust auf Gespräche und das Leben noch zu verlängern. Aber die Ewigkeit ist nur tot erreichbar, lebendig immer nur angedeutet. Zur Ausdehnung der Andeutung nahmen wir an meinem Holztisch Platz, spielten Radio Swiss Jazz und öffneten eine Flasche Pouilly-Fuissé. Dabei fing Klaas an, bei Google nach Bildern von Menschen zu suchen, die vor Bauten stehen, die wiederum in Deutschland stehen.

»Die Leute müssen so richtig deutsch ausschauen«, sagte Klaas.

»Deutsches Eck, deutsche Leute. Hab's begriffen«, sagte ich.

»Ja, sonst bringt das alles nichts.«

»Was soll denn was bringen?«

»Ich zeig's dir gleich. Bitte hab ein wenig Geduld.«

Klaas suchte die Bilder, ballerte sie in ein InDesign-Dokument, machte ein PDF draus, nannte es ›Deutsche in Deutschland vor Denkmälern‹, druckte das Ganze aus und breitete es hübsch anzuschauen auf dem Boden aus. Dann gingen wir stumm drum rum; wie man es z. B. aus Meetings in der Kreativindustrie kennt. Da keiner was sagt, muss aber jeder immer was denken. Diese ganzen DIN-A4-Blätter auf meinem Boden erinnerten mich also daran, wie ich einmal auf sehr gutem Ecstasy in meiner Wiener Altbauwohnung sehr intellektuell getanzt haben musste. Denn als ich irgendwann am nächsten Tag aufwachte und alsbald das Wohnzimmer betrat, musste ich feststellen, dass ich das Parkett mit den gesammelten SZ- und FAZ-Feuilletons des Jahres 2015 bedeckt hatte. In der Wohnzimmermitte war das Papier, na ja, sehr zerknüllt. Und es lief noch Kölschs ›Cassiopeia‹.

Tja. Auf jeden Fall legte ich ›Cassiopeia‹ von Kölsch auf und schaute Klaas dabei zu, wie er auch die letzten Deutschen in Deutschland vor Denkmälern dem Erdboden gleichmachte, sie also auf den Boden legte. Wir prosteten uns zu, weil ich ein wenig Geduld hatte und er sich viel Zeit gelassen hatte. Deal. Grenzgenialer Deal.

»Hier: Deutsche in Deutschland vor Denkmälern, die deutsch sind«, sagte Klaas.

»Seh ich.«

»Es geht darum, was du nicht siehst.«

»Warum?«

»Alles, was wir auf diesen Bildern sehen, versetzt uns in seltsame Stimmungen, scheint uns unerträglich zu sein, scheint uns an irgendetwas zu erinnern, hat eine unerträgliche Bedeutung, die sich uns nicht erschließt. Richtig?«, fragte Klaas.

»Richtig.«

»Alle Dinge auf diesen Bildern laufen über vor Bedeutung. Sie erbrechen etwas, das vollkommen unkenntlich ist. Einen dunklen Brei. Richtig?«, hakte er weiter nach.

»Richtig.«

»Aber auf keinem der Fotos ist das zu sehen. Solange es so viel mehr Unsichtbares als Sichtbares gibt, ist jedes Foto Lüge. Richtig?«

»Das hast du schön gesagt. Und es stimmt sogar«, sagte ich und nippte am Weinglas.
Und das Land, in dem wir leben: das ist zu unsichtbar. Alles an diesem Land ist zu unsichtbar. Sehnsucht? Zu unsichtbar. Populismus? Immer noch zu unsichtbar, damit's jeder begreift. Rassismus? Derselbe Status quo. Rechtes Gedankengut? Sowieso immerzu zu unsichtbar. Wenn doch einfach nur öfter mal alles sichtbar wäre in diesem Deutschland. Aber das war es ja nie. Es war immer schon ein Land der Unterschwelligkeit.

»Lass uns nochmals raus gehen«, sagte ich zu Klaas, »es ist ja so schön nebelig.« Und so gingen wir nochmals raus, nahmen den Wein und genug Zigaretten mit und setzten uns in die Waldwiesen.

»Einer der schönsten Sätze der deutschen Literaturgeschichte lautet: Heute morgen, um 04 Uhr 11, als ich von den Wiesen zurückkam, wo ich den Tau aufgelesen habe«, flüsterte ich.

»Das stimmt.«

»Deutschland sollte mehr Frühnebel sein. Übrigens.«

»Das stimmt auch.«

»Denn dieses Unsichtbare, über das wir eben gesprochen haben, fehlt hier; das Sichtbare hat hier seinen Platz.«

Und über den deutschen Waldwiesen, nass vom Tau, lag undurchdringlicher Morgennebel. Es war so still. Und es wurde so langsam warm. Die Sonne schaffte es, durch den Nebel über die Grashalme zu huschen. Wir tranken den letzten Schluck Wein, rauchten zu Ende, und da war urplötzlich ein Geräusch aus dem Dickicht zu vernehmen, ein Knistern und Knacksen im Unterholz, Sonnenwärme. Und eine

Herzensfreude über die purste Form der Erfüllung deutscher Sonnenwaldmorgen-Romantik tauchte in uns auf.

»Jetzt ein Reh und ich werd nicht mehr«, flüsterte ich wieder.

»Ultraschön.«

»Ein Reh wäre etwas Sichtbares. Machen wir hier ein Foto von ihm, sehen wir nichts Unsichtbares mehr. Es ist zart genug, das Unsichtbare zurückzudrängen. Alles an dieser Szenerie ist zart genug.«

Und aus irgendeinem Grund erinnerte ich mich daran, wie ich einmal mit meiner ersten Freundin auf einer hügeligen Waldwiese lag und einen Joint rauchte. Wir hatten gerade zum ersten Mal Helge Schneider live gesehen und auch zum ersten Mal Wörter wie ›Hahnarsch‹ gehört. Wir saßen also da und schauten rum – über ein paar ebenso sanfte wie grüne Hügel: Aha, hier komm ich her, das ist aber ein schönes Land, dieses Deutschland hier, alles ruhig, so viele Vögel, so viel Wiese, so viel Liebe, so viel Wasser. So sichtbar alles.

KAPITEL 4

11 gegen 11. Ein Ball. Ein Spiel. Kinder cool, Eltern irre. Es ist oftmals richtig, das Spiel schlechthin, das emotionalste Spiel der Welt, mit Lakonik zu belegen. Wenn man in der Fußballhochburg Deutschlands, Nordrhein-Westfalen, aufwächst und sogar mit dem Ball etwas anzufangen weiß, besteht kein Zweifel mehr daran, wo man alsbald seine Wochenenden verbringen wird. Und es wird niemals einen Zweifel daran geben, dass es für einen Jungen die schönste Zeit des Lebens sein kann. Ich meine, man kommt zu einem Treffpunkt, dann werden Fahrgemeinschaften gebildet, man fährt zum Auswärtsspiel, gewinnt 14:0 und fährt wieder zurück. So war das zumindest bei uns. Bei vielen anderen halt nicht. Es gibt bis heute einige sehr schöne Geschichten über diese Zeit: wie z. B. andere Kinder auf der Toilette ihrer Mannschaftskabine heulten, wenn sie gegen uns spielen mussten. Wir waren so ein bisschen wie Borussia Mönchengladbach in den 70ern. Nur, dass die Fohlen, wie die Borussen damals genannt wurden, bei uns eher direkt neben dem Rasen grasten. Ansonsten waren wir aber wirklich sehr gut. Aber darum geht's nicht. So etwas erzählt man ja nur, damit es einem gut geht beim Erzählen einer Geschichte. True Story, Bros and Sis. Bro'Sis, der mit Abstand beschissenste Name der deutschen R&B- und Popgeschichte. Nun gut. Auf jeden Fall geht es darum, was man als 7- oder 8-Jähriger überhaupt von der Welt wahrnimmt. Die Welt sind diese Fußballplätze. Natürlich bekommt man mit, was da am Spielfeldrand gefaselt wird. Und natürlich sollte niemand so tun, als würde das Kinder nicht prägen. Das lief im Prinzip so ab: Marokkaner

im eigenen Team cool, im gegnerischen ein Scheißausländer. Dass das so ist, weiß jeder. Ob auf deutschen Bezirkssportplätzen oder in der italienischen Serie A, zum Beispiel. Und die gleichen Eltern – man darf ja nicht dem Irrglauben verfallen, dass nur die Männer verwirrte Samstagsparolen übers Spielfeld krakeelten – standen dann nachher mit den marokkanischen Eltern unseres marokkanischen Spielers zusammen und redeten und aßen Wurst und tranken Bier. Dass die maghrebinischen Erziehungsberechtigten bei so viel Hin und Her dann mitunter etwas verwirrt und verstohlen an ihrer Fanta nippten – durchaus verständlich. Ich hingegen verstehe bis heute nicht, was da immer alles los war: dieser Hass, diese Wut, dieser Dreck, der da von Menschen über andere geschüttet wurde. Ohne Rücksicht darauf, dass da gerade ein paar Kinder glücklich über Wiesen liefen und Fußball spielten.

Klaas fragte mich letztens, als ich erzählte, dass ich das alles nicht verstehe, noch so: »Wie waren denn die Spiele gegen Mannschaften mit hohem Migrantenanteil?«

»Kack gestelzte Kacksprache, Kack-Klaas.«

»Also gut: Wie waren die Spiele gegen die ›Scheiß-Ausländer‹?«

»Schon anders.«

»Wie anders?«

»Irgendwie hitziger, na ja, emotionaler.«

»Geht's auch bisschen genauer, bitte?«

»Na ja, auch härter, die Zweikämpfe waren härter und Trash-Talk gab's auch mehr. Die rochen auch anders.«

»Und? Schlimm?«

»Nö, überhaupt nicht.«

»Ach so.«

»Wieso ach so?«

»Ja weil ich dann nicht weiß, worüber du dich aufregst.«

»Das Problem ist einfach ...«

Darüber geredet hab ich dann nicht mehr mit Klaas. Manchmal möchte man sich Dinge zu Themen, Positionen, Haltungen einfach nur denken oder gedacht haben. Man ist nicht immer gewappnet, Gespräche argumentativ so zu unterfüttern, dass man sie letztschlussendlich heil übersteht. Das Problem ist also einfach, dass man auch damals schon Antennen für diese Art der Beschimpfungen hatte. ›Ich bin kein Rassist, aber das wird man ja wohl noch sagen dürfen.‹ Dieser Satz erinnert mich an all das damals. Aber man muss da schon unterscheiden: Früher wie heute sind Fußballplätze – egal, ob in Dorf-Stanketten-Bratwurst-Hausen oder im Signal Iduna Park in Dortmund – Orte der willenlosen Beschimpfungen, der irrsinnigen Hetze, Schmelztiegel der Verwünschungen. Man kann das jetzt kritisieren, aber diese Wut ist wenigstens blank. Dieses Unterschwellige hingegen nervt so irre, ist so falsch, ist so das Allerletzte: ›Ich bin kein Rassist, aber das wird man ja wohl noch sagen dürfen‹ hat Einzug gehalten in Gesellschaftsschichten, von denen man irgendwie immer etwas anderes dachte. Mehr Differenzierung, mehr Abarbeiten an Argumenten, weniger pauschalisieren. Jedoch ist leider das Gegenteil der Fall. »Das Drama ist zu Ende«, so beginnt der Epilog von Melvilles ›Moby Dick‹. Und man wünscht sich so häufig, dass kleine Vögel über den schreienden Schlund der immer wieder neu aufkeimenden Hetze fliegen würden, der sich wieder und wieder weiter und weiter auftut. Und dass eine weiße Brandung mürrisch gegen ihre steilen Ufer schlägt. Dass dann alles zusammenkracht und dass das große Leichentuch des Meeres weiterrollt, so wie es schon vor fünftausend Jahren gerollt ist.

Aber so geht das nicht, so funktioniert das alles nicht. So ist die Welt nicht. Weil die Menschen nicht so sind. Die Sache hat nur einen Haken: Die Alten wissen nicht mehr, dass sie nicht so sind. Und die Jungen ahnen noch nicht, dass sie mal so werden wie die Alten.

KAPITEL 5

Und an die Planken meiner Erinnerungen schwappen: Gyros Pita, Gyros Burger und eine ordentliche Portion vollverknoblauchter Tzatziki:

»Und? Schmeckt geil?«, fragte ich Klaas.
»Mega.«
»Geil?«
»Nee, einfach nur mega.«
»Geil.«

Da sitzt man also bei Taki, besser man sitzt vor Takis Restaurant, trinkt Kölsch in der Abendsonne Kölns und isst Essen mit griechischen Wurzeln. Oft erkennen wir erst dann, wie schön etwas gewesen ist, wenn etwas noch Schöneres passiert ist. Das noch Schönere war wie immer Klaas' Gesellschaft, das Schöne war etwas, das einst passierte und direkt Bezug nimmt auf all das, was ich auf den vorherigen Seiten beschrieben habe. Also, let's go, springen wir rein, auf geht's, Geschichten werden gemacht, wir gehen voran. Das Dorf, in dem ich aufwuchs, hatte zwei Fußballvereine mit zwei verschiedenen Fußballplätzen. Natürlich mochten sich die beiden nicht, aber das ist gut so. Ich kann das nicht begründen, aber das ist schon gut so. Ansonsten halte ich Identifikation mit Organisationen wie Vereinen im Sinne des Fan-Seins für ziemlich banal, Identifikation ist sowieso immer banal, aber egal. Grundsätzlich gibt es also in diesen Vereinen Sportwochen. Da dürfen alle mal kicken. Diese Sportwochen bekommen dann natürlich ein Motto, damit das Dorf weiß, was gespielt wird. In unserem Falle spielte unser Dorf Fußball. Eigentlich ein ganz cooler Claim, einfach, straight und ›auf den Punkt‹, wie man so schön sagt. Wie man so schön im deutschen Kochfernsehen sagt, das ich ja eigentlich mag. Ich habe eine große Schwäche für ›Das perfekte Dinner‹; aber nur vollverkatert samstags, nicht bei der Erstausstrahlung. Ich bin sozusagen Wiederholungstäter. Na ja, was ich nun wirklich nicht verstehe beim perfekten Dinner, ist, dass immer alles ›auf den Punkt‹ ist. Ja klar, Garpunkt, ich weiß das schon. Es nervt einfach. Punkt. In Sachen ›Unser Dorf spielt Fußball‹ würde ich aber trotzdem sagen: »Der Claim war auf den Punkt«, und zwar auf den Elfmeterpunkt. Ha! Hier kann man mal ein Ausrufezeichen setzen, obwohl ich immer finde, dass das Ausrufezeichen eine Erfindung Hitlers gewesen sein muss. Genau wie Versalien und die Feststelltaste. Zumindest beim ›!‹ und den VERSALIEN könnte er schon gelebt und demnach etwas damit zu tun gehabt haben. Vielleicht hätte ich die Geschichte mit dem Satz »Laut meiner Mutter hat Hitler das ›!‹ und die VERSALIEN erfunden« anfangen sollen. Mag sein.

Was nicht war: dass sich der zweite Dorfverein damit zufrieden gab, dass jetzt nur das Dorf des ersten Vereins Fußball spielte. Natürlich bricht dann Streit aus, wem das Dorf jetzt überhaupt ›unser‹ ist; aber wir kennen ja alle einen Nachbarn, der einen Nachbarn hat, der etwas über den Grenzbereich wachsen lässt; aber keiner ist der, dem der Apfelbaum dann gehört. Wie jetzt der Claim des zweiten Turniers war, weiß ich, ehrlich gesagt, nicht mehr. Was ich weiß: Die Sportwoche des ersten Vereins performte unter ökonomischen Gesichtspunkten deutlich besser. Heißt: Dort wurde wesentlich mehr gefressen und gesoffen. Und so rauchten die Köpfe des zweiten Vereins, man hockte sich im Vereinsheim zusammen, Kiste voll, Kiste leer usw. usf. Und ich stelle mir das noch heute so vor: Plötzlich qualmte weißer Rauch – wie aus diesem lächerlich kleinen Schornstein auf dem Dach der Sixtinischen Kapelle – aus dem Vereinsheim. Fumus albus. Dann muss jemand das Losungswort gesagt haben: »Gyros.«

Ob die Glocken der Dorfkirche geläutet haben, lässt sich heute nicht mehr mit Bestimmtheit sagen. Und so wurden also beim Dorfgriechen die Spieße bestellt. Und es hat funktioniert. Es hat sogar so gut funktioniert, dass die aus dem Dorf, die vorher bei ›Unser Dorf spielt Fußball‹ Fußball gespielt haben, danach bei ›Unser Dorf spielt Fußball und isst dann Gyros‹ Gyros gegessen haben. Und was ich damit meine, ist diese extrem angenehme, wunderbare Seite des deutschen Vereinslebens: dass dann alle zusammensitzen, Bier trinken, Schnäpse trinken, Wurst und Gyros essen. Dass es eben genauso viele schöne Momente gibt, wo die Nationalitäten keine Rolle mehr spielen. Wenn auf einmal ein ausländisches Essen dafür sorgt, dass viel mehr Deutsche essen kommen, ganz banal gesagt. Weil es sowieso das Schönste ist, wenn sich fremde Menschen über das Essen bekannt werden. Es ist dies die offene Seite der deutschen Ehrenamtskultur. Und jedes Mal, wenn ich heute irgendeinen Dorfsportplatz betrete – was zum Glück äußerst selten vorkommt, denn Kinder habe ich noch keine –, überkommt mich dieses angenehme Gefühl, das ich damals in diesen lauen ›Unser-Dorf-hat-Fußball-gespielt-und-bereits-Gyros-gegessen-und-trinkt-sich-jetzt-einen‹-Nächte hatte: Wärme, nichts als Wärme. Wenn du mit der zwölften Cola aus dem Getränkewagen und Gyros-Pommes-Mayo mit wirklich viel, viel Koffein im System auf dem schon abendkühlen Rasen des Fußballplatzes liegst, deine Jungs um dich herum weißt, die Luft noch so geil warm ist, du die Fußballschuhe noch anhast und deine Klamotten im Prinzip nur noch Grasflecken sind. Damals ertönte dann natürlich ›Griechischer Wein‹ aus miesen Sportplatz-Boxen und man hörte immer wieder Gläserklirren, Grillen summen, Menschen singen, und man wusste, dass das gerade in diesem Moment der beste Platz der Welt ist. Noch heute bin ich dem deutschen Vereinsleben dankbar für diese Abende und Nächte.

Es sind die gewesen, an denen man niemals mehr im Leben schlafen wollte. Es waren die besten Sonntage meines Lebens, so Anti-Tatort, so wunderbar unfassbar. Weil alles so schön war, so seltsam, so leise, so aufregend, so wach einfach. Natürlich dachte man das damals nicht alles so dezidiert durch, sondern war einfach nur glücklich. Aber darum geht's ja: dass man für Vergangenes Worte findet, die sich heutzutage schreiben lassen. Ach ja, genau, so war das damals, diese Herzensfreude kann ich heute beschreiben, Wahnsinn, alles bitte gerne nochmals, neu, wieder, niemals Kindheits-Game-Over. Aber die Ewigkeit der Kindheit ist nur kurz, aber das wusste ich damals noch nicht; und auch die schönsten und lauesten Sommerabende gleiten vorüber.

So lag man noch lange nichtsahnend, dreckig und mit Koffein vollgepumpt auf dem Rasen und hörte, wie sich auch die Letzten entschieden, das Ende der Woche zu akzeptieren und in den Montag zu torkeln. Und man lachte immer wieder in die Sommerhalme rein.

Weil die Geschichte, wie unsere muslimischen Mitspieler einmal auf einem Geburtstag Schwein aßen und es nicht wussten und dann aber unisono bestätigten, dass es die beste Wurst ihres Lebens war, weil die schon damals so lustig war. Es waren übrigens Zeiten, in denen man diese Menschen noch als Mohammedaner bezeichnete. Was für ein warmes Wort – wie hat sich doch so vieles verändert, ist kälter geworden, ist jetzt eisig. Und auf diesem Untergrund haben es völkische Tendenzen einfacher; es ist für sie fast wie Pinguingleiten über Eis.

Ach übrigens: all unsere Schwestern lagen nicht bei uns Jungs auf dem Rasen. So offen waren wir dann doch nicht. Und ach übrigens Pt. 2: Die Menschen sterben an Kälte, nicht an Dunkelheit. Das wissen wir aus all den dunklen, aber warmen Sommernächten.

KAPITEL 6

Tränen machen wach. Und wir weinen oft. Ich meine unsere Generation. Dabei ist es schlichtweg egal, ob man diese Generation X, Y, Remouladenjohnnys, √9 oder Fluktuation 8 nennt. Es ist den Menschen einfach grundsätzlich total egal, was die anderen machen. Und das tut mir auch leid, aber das sind Tatsachen. Keinesfalls jedoch werde ich der Nächste sein, der versucht, mit gefährlichem Halbwissen irgendwelche Zustandsbeschreibungen von sogenannten sozialen Schichten abzugeben. Hier fällt mir so ein typisches FAZ-Wort ein: verschlimmbessern. Meine Analyse würde alles und jeden verschlimmbessern. So denke ich doch. Und das ist zumindest recht ungeil. Denn wir haben uns ja alle mal so richtig schön eingeordnet ins pralle Leben der abgenudelten Bürgerlichkeitsphantasien – und na, was haben wir dadurch? Wir haben alle keine Lust auf Midlife Crisis. Was wir wollen und auch brauchen, ist Midlife Clarity. Demzufolge ist all das hier auch Midlife Clarity anstatt Midlife Crisis. Also nicht mehr arg so viele Phantasmata, bisschen Hirngecruise in Richtung Antiphantasmata. Antiphantasmata 2017, sozusagen. Und vielleicht ist das auch immer so ein bisschen zu banal hierher gedacht, aber Klaas sagte vor recht kurzer Zeit in einer Bar im Kölner Stadtteil Ehrenfeld zu mir: »Das Grundproblem von allen hier drinnen und von allem in ihnen drinnen ist natürlich Wincent Weiss.«

»Mhm.«

»Weißt du, es ist dieses Gefasel – ihr Binnenzustand besteht aus fragmentiertem, zusammenhangslosem Gefasel.«

»Du meinst: Die Leute schnappen Dinge auf und kontextualisieren sie nicht?«

»So ähnlich. Mit Betonung auf ›lich‹.«

»Spinner.«

Wir gingen kurz rein, an die Theke. Wir gingen schnell wieder raus, an die Zigarette.

»Du hast Recht, Klaas. Lass mich das mal so beschreiben, ich musste den Gedanken kurz flüssig machen.«

»Bin ganz Ohr.«

»Nice to ear.«

»Jetzt bitte deinen Text zum Bier!«, forderte Klaas mich auf.

»Natürlich fängt alles Schlimme und Schlechte in uns mit Wincent Weiss an. Weil das alles so sinnentleerte Remix-Versuche sind. Ich mein, wir sind doch so alt, wie wir sind, und haben doch damals ›Absolute Giganten‹ gesehen und zum ersten Mal bei einem Film geweint. Wir waren also wach. Und dann steht Floyd mit Telsa im Aufzug und …«

»Weißt du, was ich manchmal denke?«

»Es müsste immer Musik da sein.«

»Bei allem, was du machst.«

»Und wenn's so richtig scheiße ist, dann ist immer noch die Musik da.«

»Und an der Stelle, wo – wo es am allerschönsten ist, …«

»Ich mag das doppelte 'wo' so gerne.«, unterbrach ich das Zitat.

»Da müsste die Platte springen und du hörst immer nur diesen einen Moment.«

»Und weißt du, Klaas, da läuft diese Reprise, Crescendo, und nachdem Floyd zu Ende gesprochen hat, ist Telsa zu sehen. Und dieser Blick. Also deswegen habe ich mit meiner ersten Freundin Schluss gemacht, weil sie diesen Blick nicht draufhatte und sich auch nicht draufschaffen konnte. Also hat man deswegen geliebt. Wie sie schaut, die Musik.

Für mich immer noch der schönste Aufzugblick – zumindest der deutschen Filmgeschichte. Und die Musik geht ja weiter, Floyd geht weiter. Und mir ist immer so, als würde diese Reprise uns beide beschreiben. Ich könnte zu dieser Musik grundsätzlich alles machen.«

»Auch putzen?«

»Melancholisch putzen.«

»Melancholisch Karotten schälen?«, hakte Klaas nach.

»Zum Beispiel. Aber das Ding ist, dass das schon einfach extrem wichtig ist, dass man weiß, wo das alles herkommt. Was man damit macht. Man kann damit zumindest immer noch langsam z. B. durch den Odenwald fahren. Mit einem gut gekühlten Tankstellenbier und ein paar Zigaretten.«

»Bergstraße, Melibokus.«

»Oui. Ultraangenehm. Und dann aber, dann fahren heutzutage Menschen, die so alt sind wie wir, zu ›Musik sein‹ von Wincent Weiss, der sich auch noch mit zwei ›W‹ schreibt, dieser Hurensohn, durch deutsche Samstage und Sonntage mit Gedanken an Lastenfahrräder und was Großmutter im Odenwald wohl auf den Tisch bringt. Und hinten, ahnungslos, die Kids der Generation Lena-Sophie und Paul-Vincent mit ›V‹.«

»Aber was hast du denn dagegen? Ist doch ok.«

»Es ist der komplette Hirntod. ›Musik sein‹ klaut die verträumteste ›Absolute Giganten‹- Szene und macht sich noch nicht einmal im Titelnamen und im Text die Mühe, das zu verschleiern. Und die Menschen fahren dann dazu Auto, die singen das mit, die denken da gar nicht daran, dass das eine so sanfte, so ehrliche und wunderbare Szene ist: Sätze, auf denen ganze Lebensentwürfe gründen. Und das ist einfach schade, weil es die Menschen einfach nicht interessiert, wo was herkommt. Weil die alle immer so hirntot daherkommen und sich alles nur noch um die eigene Existenz dreht. Die Sehnsucht geht verloren. Die Realität pumpt jeden Tag aufs Neue neue Existenzfragen in die nicht eigenen vier Altbauwände und man muss sich das einfach mal vorstellen, was da alles weggeht: die ganze Sehnsucht. Nicht nach einem besseren Leben – die vielleicht auch –, aber die Sehnsucht nach Echtheit. Die Sehnsucht nach diesen kurzen Echtheitszuckern geht weg …«

»Du meinst, wie wenn du die Straße entlanggehst, alleine, und es dich in Gedanken plötzlich schüttelt: Ja, das bin ich, hier lebe ich, das alles macht mich zu dem, was ich bin«, warf Klaas ein.

»Oui. Und das, das geht durch solche Tracks weg. Weil es sich solche Menschen anhören. Und plötzlich ist alles weg.«

»Wir bräuchten so etwas wie eine Sehnsuchtsrevolution.«

»Absolut. Absolut machbar im schönen Deutschland.«

»Aber nicht in Russland.«

»Wie kommst du jetzt auf Russland, Klaas?«

»Weil Wladimir Putin einmal sagte: ›Ich hoffe sehr, dass es im einundzwanzigsten Jahrhundert keine Revolutionen mehr geben wird.‹«

»Ganz ehrlich, der Typ manchmal, seine Meinung: Putin, Putout.«

Auf dem Heimweg hörte ich dann ›Musik sein‹ von Wincent Weiss. Ich weiß nur noch, dass die nächsten Tage sehr dunkel waren. Wie verregnete Tage, die man am Fenster kleiner Pensionen in vergessenen Dörfern im Böhmischen Erzgebirge verbringt. Meine einzige Hoffnung bestand nach dem einmaligen Hören von ›Musik sein‹ in der Vorstellung, dass diese Sehnsucht, die ich spüre, die in mir brennt, dass sie uns in diesem Land von weiterem Populismus fernhält. Vor Verstumpfung warnt, vor Hirntotheit bewahrt, von Unterkomplexitäten ausschließt. Weil, wie wir damals leben wollten und heute immer noch wollen: Süßt er doch sogar unsere Tränen.

KAPITEL 7

Am 15. März 2017 stand ich vor einem sehr schönen Haus auf der Hang Chieu Street, Hoan Kiem District, Hanoi, Vietnam. Es regnete stark. Ich stand dort in einer Carhartt WIP Logo Starter Cap in der Farbe Hamilton Brown, trug ein frisches weißes Hemd von H&M, darüber die Long Jacket Regenjacke von Rains in Black, dunkelgraue, knielange Badeshorts von H&M, hellgraue Socken ebendieser Bekleidungsmarke und weiterhin an den Füßen die New Balance 420 UKG in Grau, die ja glücklicherweise in Vietnam produziert werden. Klaas nahm sein iPhone 5 und fotografierte mich. Natürlich wollte ich dieses Bild sofort auf meinem Instagram-Account posten. Klaas schickte es mir. Derweil suchte ich nach einem passenden Text. Ich fand ihn. Es war das schönste Gedicht von Matthias Claudius, das ich kenne:

»Die Vögel singen Töne,
die die anderen ja nicht hören.
Die Vögel singen laut – singen
muss ich ja auch.«

Nach diesem Post tranken wir sofort sehr viel Hanoi Beer und starrten ca. vier Stunden schweigend auf das Stadttor Cua O Quan Chuong in Hanois Old Quarter. Dann dachten wir an Deutschland. Und weinten sehr viel und sehr lange. Manchmal schluchzte Klaas sogar.

»Kalt ist der Abendhauch.
Verschon uns, Gott! Mit Strafen,
Und lass uns ruhig schlafen!
Und unsern kranken Nachbarn auch!«

KAPITEL 8

»Was ist der blödeste Satz der Weltgeschichte, den du auf Deutsch kennst?«, fragte Klaas.

»Die gehört auf jeden Fall schon jetzt zu den blödesten Fragen.«

»Also, komm bitte, jetzt antworte mir doch einfach.«

»Aber ich versteh die Frage doch schon nicht.«

»Dann bist du tendenziell eher noch blöder, als die Frage blöd ist.«

»S'richtig. Aber ich versuch's. S'warte.«

»Was soll die Scheiße mit dem ›S‹ denn jetzt?«

»Nichts. S'geil.«

»Was glaubst du eigentlich, was mit dir nicht stimmt?«

»Die Frage ist nicht von dir. Die hast du geklaut, das war dem Jan Böhmermann seine.«

»Und wem hat der die gestellt?«

»Diesem Hochschneider-Halsabstapler, Gert Postel.«

»Dr. Klaus Höfer also.«

»Oui. Unter diesem Namen wollte er 1982 als Truppenarzt in die Bundeswehr eintreten.«

»Aber er flog schnell auf und erstattete Selbstanzeige.«

»Ebenfalls oui. Dieser Typ war und ist einfach nur ein verwirrter Hanswurst.«

»Absolut. Es gibt da ja auch noch diese wunderbare Geschichte in ›Der gelbe Bleistift‹ von Christian Kracht. Ein Ehepaar bittet auf der Deutschen Botschaft in Bangkok mehrmals und aus mannigfaltigen Gründen um Geld. Und der Herr Kracht mischt sich ein und merkt an, dass man sich Geld doch auch per Western Union in Minutenschnelle avisieren lassen kann.«

»Aha, jaja, das Ehepaar Eehnbohm.«

»Und die trifft er dann Stunden später im Mandarin Oriental in Bangkok in der Lobby wieder. Sie schreiten aufgeräumt durch eben diese.«

»Und dann springt der Herr Kracht auf und drückt dem Portier diskret 20 Dollar in die Hand und erzählt ihm, dass er Journalist der angesehenen Zeitung ›Welt am Sonntag‹ sei, und war das ältere Ehepaar eben nicht …«

»Jaja, und so kommt dann raus, dass das ältere Ehepaar diesen ›Gert Postel‹-Style im schönen Mandarin Oriental in Bangkok abzieht.«

»Und der Herr Kracht beendet diese Geschichte so angenehm fassungslos mit ›Ich konnte gar nichts mehr sagen, ich schloss die Augen. Manchmal glaube ich, alle sind komplett wahnsinnig‹.«

Und manchmal glaube ich das auch, glaubte ich zu denken, als ich mir einen letzten Löffel steirischen Bio-Honig über den sardischen Pecorino träufelte. Dann schob ich ihn mir mit ein paar ausgesuchten Johannisbeeren genüsslich in den Mund. Diese Kombination schmeckt mir seit einem meiner unzähligen Florenz-Aufenthalte einfach sehr gut. Ich habe sie in einer Trattoria Nähe Santo Spirito, San Frediano, mehrmals zu mir genommen. Die Trattoria heißt I'Raddi und befindet sich auf der Via D'Ardiglione 47, 50124 Firenze, Italia. Dazu bitte einfach einen soliden Chianti, keine Experimente dabei. Bringt nichts. Macht einen nur wahnsinnig, nachher glaubt man noch, man sei jemand anderes und versucht, daraus Kapital zu schlagen. Und ich glaube, der Einzige, der bisher wirklich Kapital aus dem Kapital geschlagen hat, war Marx.

»Zum Thema zurück mit dem blödesten Satz der Weltgeschichte auf Deutsch«, sagte ich zu Klaas, der gerade mit der Pecorino-Honig-Geschichte fertig war und eine Biene zu imitieren versuchte. Dies tat er in einer Tonalitätsmischung, die sich irgendwo zwischen ›Zoom‹ von Dr. Dre und dem ›Zoom-Zoom‹-Soundlogo von Mazda bewegte. Er machte das insgesamt: sehr gut.

»Es ist auf jeden Fall so, dass ich eine Meinung dazu entwickelt habe«, ließ ich Klaas wissen.

»Schieß los!!!«

»Wenn jemand jemanden kennt, der jemanden kennt.«

»Absolut. Das ist der komplett irrste Schlimmsatz, den es auf Deutsch gibt«, summte Klaas.

»Und das Schlimme an diesem Schlimmsatz ist noch nicht einmal seine überproportional auftretende Häufigkeit z. B. auf Facebook, nein, es ist ja so: also ich hab da eine ganz bestimmte Anzeige auf wg-gesucht.de im Kopf. Warte mal, bitte«, bat ich Klaas.

»Such, such, such«, summte Onkel Klaas weiter, als wäre ich die scheiß Biene Maja. Und weil ich mir dieses Gesumme nun wirklich nicht länger anhören wollte, weil er es eben jetzt nicht mehr insgesamt sehr gut machte, fand ich diese Anzeige recht schnell und las Klaas daraus vor: »Wenn ihr jemanden kennt, der jemanden kennt. Ihr kennt das! :) Hallo ihr Lieben, leider läuft mein derzeitiger Mietvertrag am 28.02.14 aus und ich suche ganz dringend eine 1- bis 2-Zimmer-Wohnung in zentraler Lage (Altstadt, Neustadt, Sülz, Lindenthal, Klettenberg, Deutz). Ich bin Angestellte bei einem TV-Produktionsunternehmen, sehr pflegeleicht, obendrein Nichtraucherin und habe auch keine Tiere. Da ich nach einer Trennung bei null anfangen muss, hätte ich auch nichts dagegen, wenn ein paar Möbel in der Wohnung sind, ist aber natürlich keine Pflicht. Ansonsten habe ich keine großen Ansprüche. Ob Dusche oder Badewanne, Terrasse, Balkon, spielt alles keine Rolle. Für mich ist tatsächlich die Lage entscheidender. Wenn ihr was hört oder wisst, würde ich mich freuen, wenn ihr euch bei mir melden würdet.

Liebe Grüße Jule«

»Tja«, sagte Klaas, »die Jule, gell?«

»Am meisten fasziniert mich ja ihr ›obendrein‹. Das ist so richtig sinnentleert.«

»Und natürlich die Überschrift der Anzeige«, meinte Klaas.

»Und aber auch diese hingenudelte Devotion. Und ich glaube immer, dass das mit dem Namen zu tun hat. ›Wenn ihr jemanden kennt, der jemanden kennt‹ – das schreiben nur die Jules, Krissis und Bibis dieses Landes. Das ist fürwahr schon sehr devot. Und unnötig auch.«

»Ist es. Tja, die Jule.«

»Tja, die Krissi.«

»Die Bibi, tja.«

»Tja, wenn jemand jemanden kennt, der Lust hat, jetzt ein Auto zu klauen und damit ans Meer zu fahren, oder was darüber hört oder sogar darüber weiß, würde ich mich freuen, wenn ihr euch bei mir melden würdet. Schreibt mir doch einfach: andi-frantzen@web.de«

KAPITEL 9

Der französische Schriftsteller Anatole France hat einst schlau wie ein Fuchs auf Folgendes hingewiesen: »Es ist gut, Dinge zu sammeln. Aber es ist besser, spazieren zu gehen.« Dieser Satz ist so sehr schön. Und er erinnert mich immer an den Neo-Menschen Daniel24, später Daniel25, wie er sich in Michel Houellebecqs Roman ›Die Möglichkeit einer Insel‹ auf den Weg zum unendlichen Meer begibt. Das machte er 2000 Jahre später als heute, aber das von 2005 aus gesehen. Die Erde ist zu Daniel24s Zeit infolge von Kriegen, Atomexplosionen und einer Verschiebung der Erdachse klimatisch und geologisch stark verändert worden. Die Meere sind bis auf kümmerliche Reste von Wasser verschwunden. Und trotzdem begibt er sich auf die Suche nach dem unendlichen Meer.

Die Unendlichkeit also. Wie wir Menschen oftmals an den Meeren dieser Welt stehen, wie nur am Meer stehend der Wunsch nach Unendlichkeit aufkommt und natürlich niemals in Unsterblichkeit münden wird. Wie wir aber alle immer danach streben. Der Wunsch, geliebt zu werden, der Wunsch, unsterblich zu sein und immer wieder geliebt zu werden oder immer wieder selbst zu lieben; dieser Wunsch hält uns am Leben. Wie oft stand ich selbst schon an den Meeren dieser Erde und trank z. B. Brandungsrum und rauchte mich komplett zu. Dabei – zwar langsam, aber sicher – zu verstehen, dass alle unsere Handlungen im Endlichen angelegt sind und in überhaupt nichts münden, ist so wunderbar. An einem sommerlichen Morgen irgendwo an der

Nordsee – ›Die Möglichkeit einer Insel‹ war gerade bei DuMont erschienen – stand ich alleine am Meer und versuchte, mich wach zu denken. Die Nacht war lang, rotwein- und haschischreich gewesen, alles war sehr gut. Ich spazierte am Strand umher und dachte an alles, außer an meine Altersvorsorge. Nun gut, konnte ich auch nicht, da dieser unsägliche Spot der unsäglichen AXA-Versicherung noch niemals gedacht worden war und niemand, außer entsetzlich im Hirn verbrannte Werber, Jahre später darauf kommen würden; auf jeden Fall fühlte ich mich vors Hirn getreten, aber das positiv. Denn mir fiel zum ersten Mal auf, dass auch die Nordsee ein wenig was von einem Meer hat. Natürlich war das primär dem Rotwein- Haschisch-Gemisch geschuldet und ich dachte das natürlich auch danach nie mehr, aber damals war es richtig. Ein Land wie ein Gespenst, eine See wie ein Versteck für die Empfindsamkeit der deutschen Seele. Ich stellte mich in die Nordseebrandung, rauchte mir eine an und zimmerte mir im Oberstübchen das Ende der ›Möglichkeit einer Insel‹ zusammen: »Ich badete lange im Sonnenschein wie auch im Sternenlicht und spürte nur ein verschwommenes nahrhaftes Gefühl. Das Glück war kein möglicher Horizont. Die Welt hatte Verrat begangen. Mein Körper gehörte mir für eine kleine Weile; nie würde ich das festgesetzte Ziel erreichen. Die Zukunft war leer; sie war das Gebirge. Meine Träume waren von affektiven Präsenzen bevölkert. Ich war, ich war nicht mehr. Das Leben war real.«

Dann schlief ich ein. Und nie wieder in meinem ganzen Leben liebte ich dieses Land so sehr wie in dieser einen Millisekunde vor dem Einschlafen. Und das Schöne war, dass ich auch ganz genau wusste, warum: Kein Land auf der ganzen Welt ist so weit entfernt von der Unendlichkeit wie Deutschland, kein Land so endlich, kein Land für so viele Tode verantwortlich. Das endlichste Land der Welt. Und vielleicht werden wir eines Tages eine Lösung für die inhärente Aporie des Daseins finden; aber sie wird nicht aus Deutschland kommen. Aber das wird auch nichts machen; man wird es ja auch nicht erwartet haben.

KAPITEL 10

»Wer nicht schläft, muss trinken, um seine Jugend zu verschwenden«, befand Klaas auf dem Balkon einer Münchener WG.

»10:30 Uhr Cuba Libre?«, befand ich.

»Absolut richtig«, befand Klaas.

Und um seine Jugend wirklich zu verschwenden, muss man einen Einkauf im Supermarkt vollenden. Und das wollten wir. Also gingen Klaas und ich an einem Samstagmorgen in eine Tengelmann-Filiale im Münchener Glockenbachviertel. 10:30 Uhr Cuba Libre also.

Und das nach einer Nacht, in der ich es geschafft hatte, mit einem Motorradhelm als 50 % von Daft Punk auf eine wirklich widerliche Münchener Tommy-Hilfiger-Pinkes-Polo-Hemd- WG-Party zu gelangen und von dort aus den lieben Klaas, der sich auf dem Höhepunkt seines Ecstasy-Trips befand, zu grüßen, wie Königin Beatrix Untertanen grüßt. Und zwar genau dann, als ich mich auf dem Höhepunkt meines Ecstasy-Trips befand.

Noch in der Wohnung stellten wir fest, dass wir Rum, Cola und Limetten dazu brauchten. Zusätzlich stellten wir fest, dass wir uns nicht von der Musik in unserer Wohnung trennen wollten. Ganz schwieriges Thema, Menschen, die gut drauf sind, von ihrer Musik zu trennen, die die ganze Nacht lief. Und so kam das weiße 13“ Macbook mit zum Tengelmann. Und wir spielten immer wieder und in voller Lautstärke ›Junge Römer‹ des Herren Falco. Weil, wir hatten uns das ja sehr genau überlegt: Um die gutverdienenden Münchener Jungfamilien nicht allzu sehr zu stören, wollten wir mit bisschen Falco auftrumpfen, bisschen wienerisch, vom Thema her auch einfach, das Lied transportiert einen ja auch immer auf die Spanische Treppe. Und ich kenne keinen, der es nicht mindestens einmal schön fand, wenn er mindestens zweimal dort war. Auf der schönen Spanischen Treppe zwischen all den jungen Römern. Das war augenscheinlich unser Plan.

»Ähm, und was ist unser Konzept?«, rief Klaas.
»Unser Konzept heißt kein Konzept!«, rief ich.
»Und was ist unsere Philosophie?«, schrie Klaas.
»Die Augen aufs Große und den Großen aufs Auge!«, schrie ich, kurz vor Betreten der Filiale. Apollo Schwabing halt. Tja.

Kurz danach saß ich auf einer Tiefkühltruhe, in der sich so einige Dr.-Oetker-Fertigpizzen befanden. Und neben mir, da sang der Herr Falco zum x-ten Mal, dass junge Römer anders tanzen als die anderen. Und ich, ich saß da also so und beobachtete die Menschen, wie sie mich beobachteten. Leise summte ich mit, extrem gut ging es mir. Es ist ja zum Beispiel so, dass viele sehr schöne Frauen das sehr gut finden, wenn ein sehr gut aussehender Mann auf einer Tiefkühltruhe auf Dr.-Oetker-Produkten sitzt und sie bemerken, dass derjenige zwar ultraprall, aber eben auch sanftmütig ist. Die Menschen merken, dass du null an Stress interessiert bist, sondern die Idee einer einigermaßen vernünftigen Samstagmorgen-Planung einfach mal ad acta gelegt hast. Das ist selbstredend auch die bretthart Wahrheit, die den schönen Frauen aus deinen Pupillen entgegenströmt. Die finden das lustig, da passiert nichts außer zulächeln.

Ungewöhnlicher Ort, um so extrovertiert zu sein, aber da gibt es doch noch viel ausgefallenere. Und ich saß also da und beobachtete auch die Produkte, wie sie sich den Menschen gegenüber verhielten. Wie sie mal mehr, mal weniger von den Menschen wollten. Na gut, öfter wollten sie natürlich mehr von den Konsumenten, aber das ist normal. Der Gedankengang wurde von Klaas unterbrochen, der ebenfalls noch keine Lust auf die Beendigung unseres Supermarktauftritts hatte und sich daher recht gekonnt neben mich auf die Tiefkühltruhe schwang. Und ich wusste, was jetzt kommen würde. Und ich hatte da richtig Bock drauf.

»Lass paar Produkte für paar Zielgruppen erfinden«, meinte Klaas.

»Lass machen«, meinte ich, »du fängst an.«

»›Ein Quantum Toast‹, für alle James-Bond-Fans.«

»›Vom Leben gescheitelt‹, Johanniskrautpräparat für depressive Nazis.«

»›Hotter Oetker‹, heiße Pizza aus der Tiefkühltruhe. To eat. Not to go.«

»›Eight Watchers‹, acht Personen schauen dir beim Abnehmen zu.«

»›Leica & Meica‹, also Leica knipst das Würstchen.«

»Grenzgenial. Also halte dein Meica fest und du gewinnst eine Leica jetzt!«

»Ja, genau«, erwiderte Klaas.

»Pass auf, ich hab noch einen: ›Pfanni & Hanni & Nanni‹, Püree für Mädels mit Pony.«

Dafür erhielten wir dann wirklich sehr viel Beifall, gar ausufernden. Von daher wunderte es uns doch sehr, dass niemand eine Zugabe verlangte. Wir nahmen das Macbook 13" in Weiß, kauften Havana Club Anejo 3 Anos, einige Coca-Cola-

Dosen und Limetten, stellten uns in die Schlange und zahlten. Und ich habe selten so glückliche Menschen in einer Supermarktschlange gesehen: Einige lachten über uns, wir über viele und viele von denen mit uns. Aber primär freuten wir uns mit allen, die mit uns über die lachten, die über uns lachten. Das Lächeln der Verkäuferin beim Einscannen der Produkte zu ›Junge Römer‹ werde ich niemals in meinem ganzen Leben vergessen. Es war das herzlichste und gleichzeitig überraschendste Lachen, das ich in diesem Land je erleben durfte. Dieses Land, also wir alle – wir können kollektive Sympathie, das ist gar nicht so schwer. Und dass die entsteht, wenn zwei komplett dichte Vollspacken auf einer Tiefkühltruhe sitzen und für Münchener Samstagseinkäufer Produkte erfinden: Tja.

KAPITEL 11

Einmal stand Klaas morgens in einer wirklich sehr gut geschnittenen Hitler-Uniform, die Haare vom Leben gescheitelt, vor meinem Schlafzimmerfenster. In einer Hand eine pinke Flüstertüte, in der anderen eine Zigarette. Das war jetzt nichts wirklich Neues. Ich kannte diese Art von ihm, kurz vor dem Zubettgehen noch ein bisschen Hitler zu spielen. Vor dem Einschlafen noch etwas Holocaust, wie Peter Licht einst so oder so ähnlich sang.

Kein Ding also, ich ging zum Fenster, um mir diesen Monolog des Mannes mit der kleinen Zahnbürste unter der Nase anzuhören:

»Ich werde jetzt von eins bis zehn zählen.

1. Du bist in Deutschland.
2. Es ist 1945.
3. Du bist in einem Zug. In Deutschland.
4. Du wirst durch den Zug geführt.
5. Du wirst durch Waggons geführt, deren Existenz du niemals geahnt hast.
6. Du liebst eine Frau.
7. Du spürst Angst. Die Angst, in einem Zug zu sein.
8. Du verspürst Panik. Dein Herz schlägt schneller und schneller.
9. Du kannst nicht atmen.
10. Du möchtest aufwachen. Um dich selbst zu befreien – vom Image Deutschlands.«

Dann zündete er sich eine weitere Zigarette an. Wie immer. Und wie immer stellte er dann die Flüstertüte zur Seite, urinierte voller aufrichtiger Freude und mit bestaunenswerter

Empathie auf die Motorhaube eines Volkswagens und ging dann heim. Und wie so oft war das Ende seines Monologs – seines ganz persönlichen Adolf-Klaas-von-Trier-Countdowns – einfach falsch. Doch wer weiß das schon, damals wie heute. Ob am Ende des Wahljahres lieber Europa oder Deutschland steht? Will das überhaupt jemand wissen? Von mir aus kann da ja auch am Ende Deutschland stehen – aber nicht mit denen, durch die Deutschland bereits einmal so dastand in Europa. Oder der Welt. Dann machte ich mir einen starken schwarzen Kaffee. Dabei zählte ich laut von eins bis zehn.

Und im Radio lief ein Song einer Band namens ›Kommando Elefant‹:

»Überall ist nirgendwo, wo willst du lieber sein?
Überall ist nirgendwo, die Dinge wollen nicht anders sein.
Falsche Helden, falsche Helden,
zu spät erkannt und aufgewacht im falschen Land.«

KAPITEL 12

Ich hatte einen Traum.

»In Deutschland sollten mehr Dörfer ›Freunde‹ oder ›Güte‹ oder ›Sehnsucht‹ heißen.«

Ich bin in einem Dorf nahe des Rheinischen Braunkohlereviers aufgewachsen. Die Zukunft West plus der Tagebau Inden I und II waren mit dem Fahrrad ziemlich schnell zu erreichen. Ich bat meine Mutter häufig, dorthin fahren zu dürfen. Am schönsten war es an lauen Sommerabenden, wenn die untergehende Sonne dies spezielle Licht entstehen ließ und die Schaufelradbagger und Absetzer, von Riesenscheinwerfern beleuchtet, ihren Abbaudienst verrichteten. Dabei machen diese auf mich beklemmend wirkenden Monstrositäten ein Geräusch, als würden Riesen in den dunklen Wäldern unserer Altvorderen ächzen. Im Buch ›Die Toten‹ wird beschrieben, wie der Japaner Amakasu Masahiko – von Charlie Chaplin auf hoher See über Board geworfen – unter Wasser treibt. Auf dem Rücken, die Augen gen Himmel, die Ohren bereits im Ozean. Er hört dort ein Knacken und Knistern; es ist das Meistergeräusch unseres Planeten. Er hört es, kurz bevor er stirbt. Und auch ich dachte jahrelang, dass diese Bagger ihr Meistergeräusch von sich geben, bevor meine Heimat stirbt, weil sie ihr die Muttererde herausbaggern. Doch die über dem Tagebau glutrotgelb untergehende Sonne, in weiter Ferne die Kohlekraftwerke, die ihre Wasserdampffahnen gen Himmel prusteten, und dazu das metallisch-unwirkliche Ächzen der Schaufelradbagger – das alles war so irreal, so jung noch, so sehr aber auch dem Tode geweiht eben. Es war die Meisterstimmung meiner Heimat.

Heute fahre ich oft mit einem silbernen Alfa GT 1600 Junior durch die rekultivierten und wieder komplett besiedelten Gebiete des Rheinischen Braunkohlereviers. Aus Zukunft West wurde Gegenwart West. Es wohnen jetzt wieder die Menschen dort, die zu Zeiten der Umsiedlungen noch sehr jung waren. Also gibt es dort jetzt wieder mittelalte Menschen. Aber auch Alte und Junge. Ihre Häuser sind in die Seitenwände der Abbaugruben gehauen, auch ihre neuen Kathedralen. Die Sonne scheint, es ist hügeliges Terrain: sanfte, grüne Wiesen. An extrem heißen Tagen leiden die kurzgeraspelten Weizenfelder unter der sengenden Sonne und schwitzen in die Endlichkeit hinein. Es macht mir großen Spaß, dort entlangzufahren. Ich rauche Camel, dazu läuft der ›Tin Roof Blues‹ von Herb Ellis. Ich fahre durch die Dörfer, die Jungs hängen mit iPhones an Bushaltestellen ab, die Mädels diskutieren über die besten Snapchat-Filter oder schauen sich abwesend Instagram-Stories an. Alles ist – nun ja – normal.

Auf einer dieser Spazierfahrten winkte mich ein älterer Herr zu sich heran. Er stand auf seinem Anwesen und stellte ganz normale Gläser auf einen Pinienholztisch. Dieser Tisch stand neben einem Brunnen, der haargenau so ausschaute wie der im Hof des Hauses der Heiligen Katharina in Siena. Der Herr trug ein frisch gestärktes weißes Hemd der Marke Etro, eine Baskenmütze, eine graue Stoffhose und den Penny Loafer Richmond 2 der Marke Crockett & Jones, Veloursleder, braun. Er bat mich zum Gespräch an den Tisch. Es gab nichts zu essen, was ich begrüßte. Allerdings tranken wir in sehr kurzer Zeit vier Flaschen Walliser Fendant, ohne ein Wort miteinander zu reden. Ich stand auf, verabschiedete mich höflich und fuhr weiter – traumwärts, herzwärts, südwärts.

Nacheinander passierte ich die Dörfer ›Sehnsucht‹ und ›Güte‹. Vor ›Freude‹ wache ich jedes Mal auf; nach so viel Alkohol kann man in meinem Alter nicht mehr lange schlafen.

Andi Frantzen

35, heißt mit bürgerlichem Namen Andreas Karl Frantzen. Als Sohn eines deutschen KfZ- Mechanikers und einer deutschen Frisöse wurde er am 11.02.1981 in Eschweiler geboren und wuchs dort auch auf, bis er im Alter von 20 Jahren zum Studium nach Köln zog. Was er dort studieren wollte, war lange unklar. Dann studierte er in Köln Medienwissenschaft an der Rheinischen Fachhochschule und schloss das Studium als Diplom-Medienökonom mit der Gesamtnote 1,7 ab.

Danach lebte er in verschiedenen Städten im In- und Ausland.

KAPITEL 13

Als der deutsche Fernsehkoch Frank Rosin – dem viele aus meinem Bekanntenkreis nicht ganz zu Unrecht ein unnormal krass gesteigertes Selbstbewusstsein attestieren – Ende 2012 zum nicht gerade sehr erfolgreichen Restaurant ›Portofino‹ in Gescher, Nordrhein- Westfalen, gerufen wurde, war das nichts, was mir bekannt war. Jedoch wurde ich Ende 2016 nach zwei, nun ja, sehr durchzechten Tagen bei Klaas auf dem Bett liegend mit dieser Geschichte bekannt gemacht. Nach einer ersten Besichtigung der unzumutbaren Zustände im ›Portofino‹ beschloss der Sternekoch Frank Rosin, dem Inhaber Mohamed Moselhy, seines Zeichens kein Sternekoch, zu helfen. Das ist zumindest nicht als unfreundlich zu bezeichnen. Jedoch tat der Herr Rosin so, als hätte der Herr Moselhy seinen Gästen in der Vergangenheit bloß Cornflakes im Aschenbecher serviert. Na ja, egal. Auf jeden Fall hatte Herr Moselhy neben dem Problem, kein Sternekoch zu sein, noch eines: Er versteckte seine ungeöffneten Rechnungen unter dem Beifahrersitz seines PKW. Und nicht nur der geneigte Leser weiß, dass man die dann auf gar keinen Fall bezahlen muss. Nach einem ansonsten eher wenig inspirierenden Intro trat der Sternekoch Frank Rosin aus dem Restaurant hinaus, um gleich im Anschluss einige sehr bedeutungsschwangere Sätze in die Kamera zu sprechen. Und da stand er also: ein Mann in seinen besten Küchenjahren, an einem Wintertag vor einer Aral-Tankstelle in der Nähe der A 31, die von manchen Menschen auch gerne als ›Ostfriesenspieß‹ bezeichnet wird. Und wie er da so stand, da sprach er auf einmal den verheißungsvollsten Satz der Zwischen-Weihnachten-und-Silvester-Zeit 2016 in die Kamera: »Wenn man eine Pizzeria direkt an einer Tankstelle hat, dann muss die richtig gut sein. Die Pizzeria, nicht die Tankstelle.« Und mir war sofort klar, was Klaas klar war: Wir müssen dahin, bevor die zumacht. Die Tankstelle, nicht die Pizzeria. So packten wir sofort und völlig zu Recht alle unsere wichtigsten Sachen zusammen und gingen mit Portemonnaies, Zigaretten und iPhones zu einem lindgrünen Mercedes-Benz 240 D, Baujahr 1976, um mit ihm und in ihm nach Gescher zu fahren. Dieser Mercedes wird Ihnen später noch einmal begegnen. Als ich die Beifahrertür aufschloss, um Klaas einsteigen zu lassen, sagte ich zu ihm:

»Es ist zu kalt, um an einer Tankstelle abzuhängen.«

»Das stimmt.«

Wir sind dann erstmal wieder rein. Und haben ziemlich lange geschlafen.

Im Sommer des Jahres 2016 sind wir dann dahin. Voll geil. Das ›Portofino‹ hieß jetzt ›Tanko Mimo‹, was natürlich sehr viel mehr Sinn machte. Die knapp zweistündige Fahrt war von der Stimmung her schon mal ultra, wir tranken das eine oder andere Dialogbier beim Fahren und rauchten immer mal wieder so bisschen ausm Fenster raus. Fahrtwind, Songs, Bier, Kippen: The good ol' Blues of reminiscing. Looking out of the window, we saw some pictures of some cows and we felt a breeze of warm air in the hair. And when we arrived, we had a good idea: sittin' in the shade, sippin' lemonade. Man merkt an dieser Stelle bereits: wir waren wirklich gut drauf. Die Glockenstadt Gescher, die Tanke, da abhängen und Bier trinken, ›Tanko Mimo‹, bisschen Pizza, paar Kippchen, paar Themen hier, paar Themen da. Irre gut alles. An der Tanke angekommen, fiel uns als Erstes auf, dass viele langhaarige

Männer diese aufsuchten. Der Zusammenhang hat sich uns bis heute nicht erschlossen. Aber was soll's, long hair don't care. Denn wir, wir wussten, was das hier war, was wir hier eigentlich machten, was der wahre Grund für diesen Ausflug war. Es war: eine teilnehmende Beobachtung. Also sagte ich zu Klaas: »Hier sind wir nun, fast zwei Stunden von Köln entfernt. Hier stehen wir, abends an der Dorftanke, auf dem Parkplatz, dort, wo der totale Blödsinn erzählt wird.«

»Wir sind dort, wo die Leute in strahlend weißen Trainingsanzügen an Tankstellen stehen und ab und an einen Spuckefaden zu Boden fallen lassen!«

»Hier erfahren wir viel über des Prolls reinste Seele!«, schrie ich.

»Ja!«, schrie Klaas.

»Diese ganze hartprollige deutsche Tankenscheiße!«, schrie ich bisschen lauter.

»Hey du, superprolliges Germany, duhuhu!«, schrie Klaas noch bisschen lauter.

Ich war wirklich froh, dass wir hier waren, wie wir waren, und es schafften – geringfügig modifiziert, aber trotzdem textsicher –, einige sehr schöne Zeilen aus dem Intro von Moritz von Uslars teilnehmender Beobachtung ›Deutschboden‹ rauszuhauen. Ganz sicher allerdings konnte ich den meiner Meinung nach besten Satz des Buches ganz genau zitieren:

»Janine stand da an der Tanke, rauchte, trank aus einer Flasche mit der Aufschrift ›X-Plosiv‹. Sie sah so aus, als ob sie es so, rauchend, trinkend, herumstehend, noch ein paar Stunden aushielt.«

So sahen wir zwei natürlich auch aus. Und natürlich ist das mehr als in Ordnung. Es ist immer in Ordnung, an einer Tankstelle Bier zu trinken. Ich verstehe auch nie, warum es so viele Leute so asozial finden, an einer Tanke Bier zu trinken. Aber drinnen in der Pilsstube ist das selbstredend sehr super. Aber wahrscheinlich ist das irgendwie auch etwas typisch Deutsches: lieber immer drinnen sein. Da Pilse kippen, Kölsche vernichten, sich Karzinome herqualmen. Aber mitten im Nirgendwo, an Dorfein- und -ausgängen stehen, paar Becks am Start, rauchen und manchmal sogar ungestört Musik hören und die Sonne über plattem Land untergehen sehen – das ist der Gemeinschaft fremd, ruchlos, gar frevelhaft. Und wie wir da so sitzen, auf einem kleinen Holzzaun, direkt neben dem Gatter, das auf die Pferdekoppel führt, die direkt an die Tanke angrenzt, mit der untergehenden Sonne im Rücken: da ist alles gut. Wisst ihr noch, wie es ist, wenn alles gut ist? Wenn nicht: Fahrt mit euren besten Freunden zur Dorftankstelle. Städter müssen nur bisschen raus, es ist doch nicht weit. Autos habt ihr doch sowieso alle. Und dann dort ein paar Bier, Wein, ein paar was auch immer. Und ab ins Gespräch.

Wir saßen noch einige Stunden in der einigermaßen warmen Nachtluft Geschers, immer mit Blick auf die Tanke und auf ›Tanko Mimo‹. Dann haben wir uns dort eine Pizza bestellt. Der Fahrer von ›Tanko Mimo‹ brachte sie zu Fuß die 12–24 Meter zum Holzzaun und war auch gar nicht böse über den kurzen Weg. Die Flasche Lambrusco Dolce ›Donna Elisa‹ gab es gratis dazu. Wir lachten weiterhin sehr viel. Und als wir die Flasche geleert hatten, sagte Klaas: »Die Pizza war richtig gut. Aber nicht besser als die Tankstelle.«
Er hatte – wie so oft – Recht. Es gibt Abende, da sind Tankstellenbiere und ›Tanko Mimo‹-Pizzen einfach gleich gut. Es geht ja nur um die Sehnsucht, immer im Gespräch über alles zu sein.

KAPITEL 14

»By the old Moulmein Pagoda, lookin' eastward to the sea«, sang Klaas.

»There's a Burma broad a-settin' and I know she thinks o' me«, sang ich weiter.

Wir saßen im Bus einer privaten burmesischen Busgesellschaft, die wir über die sehr empfehlenswerte Website go-myanmar.com gebucht hatten. Heute sollte uns der Weg von Mandalay, der letzten Hauptstadt des birmanischen Königreiches, nach Bagan, der historischen Königsstadt mit den über zweitausend erhaltenen Sakralgebäuden, führen. Da Mandalay an der Biegung des Irawadi-Flusses liegt und man diesen bis Bagan beschiffen kann, dachten wir über eine Schiffsfahrt mit der ›Road to Mandalay‹ nach. Die ›Road to Mandalay‹ ist ein Kabinenschiff, das 1963/64 für die ›Preußisch-Rheinische Dampfschiffahrtsgesellschaft‹ unter dem Namen ›Nederland‹ gebaut wurde. Die in London beheimatete ›Belmond Ltd.‹ setzt sie heute als Luxuskreuzfahrtschiff in Myanmar ein. Die ›Belmond Ltd.‹ betreibt übrigens auch den seit September 1993 zwischen Singapur, Malaysia und Thailand verkehrenden Luxuszug ›Eastern and Oriental Express‹. Jetzt aber ein richtiger Fun Fact:

»Wusstest du eigentlich, dass die heutige ›Road to Mandalay‹ – ehemals ›Nederland‹ – von 1989 bis zum Frühjahr 1990 als ›Globus‹ vor dem Düsseldorfer Rathaus vor Anker lag und als Wohnschiff für Asylbewerber aus den Balkanstaaten genutzt wurde?«, fragte ich Klaas.

»Hm, hm«, bemerkte er abwesend.

»Macht ja nichts, wir sind ja auch nicht an Bord«, meinte ich und schaute aus dem Fenster. Wir befanden uns irgendwo auf der Autobahn zwischen Mandalay und Bagan, denn sagen wir es mal so: Schiff zu teuer. Von Mandalay hatten wir übrigens außer der Hotelbar auf der Dachterrasse nicht wirklich was gesehen; wir überstanden die Happy Hour an zwei aufeinanderfolgenden Abenden nicht wirklich gut. Es ist aber auch wirklich heiß dort Mitte Februar, sehr. Ich weiß nur noch, dass jemand heiratete, als wir an einem Morgen das Hotel in Richtung Bagan verließen. Dort wurde wieder getrunken. In unserem Bus übrigens auch. Eine Endfünfzigerin unterhielt sich dort recht angeregt mit zwei Endzwanzigern. Schnell stellte sich aufgrund der zu Stande kommenden Gesprächsthemen und der innerhalb dieses Rahmens getätigten Aussagen eine dieser Dummheitsstufen ein, von denen man gleichermaßen abgestoßen wie fasziniert ist und aber immer doch so bisschen mehr fasziniert ist, dass man ohne Kopfhörer weiter Bus fährt. Grundgütiger, war das endgeil, was die dort verzapften. Die Dame, so hörte man, bewohnte aktuell gemeinsam mit ihrem Lebensabschnittspartner ein Haus in Siem Reap, einer Stadt, die durch ihre Nähe zu den Tempelanlagen von Angkor Wat bekannt ist. Ich war fasziniert davon, wie superhysterisch diese Dame hier in einem 15-Sitzer durch Myanmar gondelte – und aber in Siem Reap wohnte. Das geht nicht zusammen; diese deutschen Hysterieanfälle, während es durch Schlaglöcher und staubige Pisten geht, gemixt mit der Vorstellung, wie die gleiche Frau jeden Tag völlig verwirrt durch die Straßen von Siem Reap eiert. Jedoch fühlte ich mich dadurch erheitert, fast losgelöst. Es war einfach total gut. Aber es wurde noch besser. Besser als total gut ist wirklich, nun ja, besser. Denn wie sich dann herausstellte, hatte sie sich am Tag zuvor beim Besuch einer Pagode in Mandalay das Knie verdreht. Aufgrund ihrer permanent kommunizierten Dummheit gönnte ich es ihr. Wirklich.

»Wie findest du den Begriff dummdreist?«, fragte ich Klaas.
»Ja, den kenne ich.«
»Wie du den findest, hab ich dich gefragt.«
»Es ist einer der Begriffe, die – wenn sie passen – zu den besseren gehören.«
»Danke, Klaas.«

Wir passierten kleinere Dörfer, deren Namen sogar denen entfallen würden, die sich sonst alles merken können. Die Frau, die sich in Siem Reap das Knie verdreht hatte, redete pausenlos weiter auf die Endzwanziger ein. Daran hatten wir uns gewöhnt; das war schon nicht mehr völlig inakzeptabel. Doch nun passierte etwas, das in seiner Gesamtheit eine Kombination aus Wörtern aus Klaas' Munde sprudeln ließ, die man wohl getrost als selten bezeichnen kann. Er ist ein sehr sanfter Mann.
»Du verdammte Fotze!«, würde Klaas irgendwann später schreien.

Ja, aber was war denn nur passiert? Ab und an stiegen Leute in den Bus ein. Birmanen. Das taten sie aber nicht an offiziell dafür eingerichteten Haltestellen. Trotzdem gilt beim Busfahren seit jeher folgende Faustregel: mehr Leute machen den Bus voller, ganz gleich, wo sie einsteigen. Dazu muss man wissen, dass die Menschen in einem Land wie Myanmar den Begriff ›voll‹ recht voll auslegen. Zusätzlich bringt jeder zusätzliche Passagier noch einen kleinen roten oder blauen Plastikstuhl mit in den Bus, stellt ihn in den Mittelgang und nimmt dann darauf Platz. Weiterhin sollte man wissen, dass mit den Personen oftmals auch große Gegenstände in den Bus gelangen. Große Reissäcke zumeist, aber auch viele sehr große Reissäcke und andere sehr große Gegenstände, die natürlich von Dorf zu Dorf oder von Dorf zu Stadt transportiert werden sollen. Und die Menschen warten natürlich nicht an Haltestellen, die es natürlich auch gar nicht gibt, weil es keine öffentlichen Busse in den Dörfern, deren Namen sich keiner merken kann, gibt.

Aber natürlich kommen gerade ältere Leute für ein paar Kyat von Dorf zu Dorf und können etwas einkaufen, eintauschen oder Freunde besuchen. Und natürlich hält deswegen der Bus in jedem Dorf ein paar Mal an. Es ist selbstredend nicht erwähnenswert, dass diese Mobilitätsmöglichkeit das Leben der Menschen extrem erleichtert. Jedoch kommt diese Möglichkeit bei hysterischen deutschen Frauen, die in Siem Reap leben und sich erst gestern das Knie verdreht haben, nicht ganz so klar an.

»Jetzt hält der Bus schon wieder an, aua, mein Knie, dieses ständige Abbremsen, das Anfahren wieder, aua, aua, und warum steigen die immer überall ein, und dann bringen die ihre eigenen Stühle mit, aua, aua, mein Knie, und warum sind denn die Straßen so holprig, und die machen doch bestimmt Deals, die Fahrer, und stecken sich das Geld in die eigene Tasche, aua, aua, mein Knie, all die blauen Stühle, aua, aua«, wimmerte die Endfünfzigerin.

Später hatten wir das zweifelhafte Vergnügen, mit unserer dummdreisten Endfünfzigerin in Bagan in ein gemeinsames Tuk-Tuk umsteigen zu müssen. Natürlich waren wir schwer genervt, man hätte gar sagen können: wir waren ohne Ende abgefuckt. Aber ohne Frage halfen wir ihr und ihrem Gepäck auf die Ladefläche. Ein deutsches Wort wechselten wir nicht.

Und zwar mit voller Absicht. Als sie vor einem beschissenen 5-Sterne-Hotel in New Bagan ausstieg, in Richtung Rezeption humpelte und definitiv noch nicht außer Hörweite war, schrie Klaas in die staubige Hitze:

»Du verdammte Fotze!«

KAPITEL 15

»Deutschland ist ein in mein Herz gebautes Hochhaus«, murmelte ich vor mich hin.

»Deutschland ist der Ennui. Lauter Etagen voller Ennui«, zischte Klaas, der neben mir auf dem Bett lag. Aus dem Macbook im Wohnzimmer ertönte Jochen Distelmeyer:

»Ich sag mal so: Ich fühl mich komisch
und frag mich, kennst du das von dir?
Isses akut oder schon chronisch wie bei mir?«

Ich lag also neben Klaas, der anscheinend schon etwas länger wach war, da er eine bereits eingetrocknete Peel-off-Maske der Eigenmarke von DM trug. Er sah aus, als wäre er seekrank. Mir fiel ein, dass wir am Tag davor ein weiteres Mal ganz hart am Wind gesegelt waren. Und mir fiel ein, dass das Tom Schilling gesagt hatte, als er auf der Bühne des Kölner Stadtgartens ein Lied seines Albums ›Vilnius‹ ankündigte. Es war ein berauschendes Konzert gewesen: Schilling in Hochform, die Jazz Kids auch. Irgendwann hatte Schilling den Musikwissenschaftler Dr. Hartmut Fladt vom RBB vor seinem Song ›Kein Liebeslied‹ beschimpft. Das war sehr schön. Ich schaute zu Klaas rüber, der mittlerweile die Peel-off-Maske durch eine Feuchtigkeitsmaske ersetzt hatte, die seine Haut mit Thermalwasser und Meeresalgenextrakt belebte. Er war nackt und er las mir aus Rafael Horzons ›Das weiße Buch‹ vor: »Weißt du, etwas Unbekanntes, Ungewöhnliches muss passieren. Ich habe sehr große Angst vor der Berechnung. Vor dem Leben der Mathematik. Und am Ende steht dann Minus und Plus gleich null, und das ist dann der Tod.«

»Wer hat das gesagt?«, fragte ich Klaas.

»Rafael Horzon erzählt, dass Christian Kracht das in einem Berliner Hotelzimmer gesagt hat, nachdem er seine Pfeife, seine Schuhe und seinen Reisewecker aus dem Fenster geschmissen hatte.«

»Es geht also wie immer um alles«, rief ich und schwankte dabei in Richtung Bad, auch nach einer dieser Gesichtsmasken gierend.

»Das ist richtig, Andi. Es geht um die Zeit«, befand Klaas.

Deutschland ist also ein in mein Herz gebautes Hochhaus. Lauter Etagen voller Ennui. Es ist immer so schwierig, als Deutscher über die Zeit nachzudenken. So richtig, meine ich. Wie kann man in einem Land über die Zeit als Mensch nachdenken, das so vielen Menschen die Zeit genommen hat? Das Land der Dichter und Deutschen. Der Richter und Enttäuschten. Darf man als Deutscher eigentlich Langeweile haben? Niemand und keiner kann diese Frage beantworten. Nichts wird kommen, um uns zu helfen, eine Antwort auf diese Frage zu finden. Was kommt, wird gehen. Es bleibt sowieso nichts. Nichts ist von Beständigkeit. Außer eben die verfickte Mathematik. Man wird komplett verrückt, wenn man zu lange über diese Sache mit der Berechnung nachdenkt. Kracht hat natürlich vollkommen Recht mit dem, was er sagt. Minus und Plus gleich null. Das ist doch sowieso schon beklemmend genug. Zahlen. Nacktheit. Plus dem Gedanken, dass der Fürst der Mathematik natürlich ein Deutscher war. Der der Finsternis bestimmt auch.

»Ist der Teufel Deutscher?«, fragte ich Klaas.

»Ja. Aber zur Hälfte Jude. Doppelte Staatsangehörigkeit. Zwei Pässe.«

»Den israelischen und den deutschen also?«

»Yo.«

»Also darf der Teufel in Deutschland und Israel wählen, so wie es Doppelstaatler ja dürfen?«, bohrte ich weiter nach.

»Korrekt.«

»Und wen hat der gewählt?«

»Die Petry und den Netanjahu«, kicherte Klaas.

Oder die Nazi-Schlampe Alice Weidel, die Spitzenkandidatin der AfD. Sie hat auf dem AfD- Parteitag, der am 22.04.2017 im Kölner Maritim Hotel stattfand, u. a. Folgendes gesagt: »Die politische Korrektheit gehört auf den Müllhaufen der Geschichte.«

Der Satiriker Christian Ehring griff diesen Satz in der NDR-Sendung ›extra 3‹ auf und sagte: »Jawoll, lasst uns alle unkorrekt sein. Da hat die Nazi-Schlampe doch recht.«

Weidel empfand diese Formulierung als beleidigend, die AfD prüft nach Aussage von Pressesprecher Christian Lüth nun eine Klage gegen Ehring. Zudem schrieb Lüth auf Twitter: »Wir gehen dagegen juristisch vor. Das wird teuer für diesen GEZ-Primitivling.« Ich muss schon zugeben, dass dies kein unorigineller Tweet von Lüth ist. Besonders das Ende. Und natürlich tritt in diesem Tweet – wie natürlich in jeder öffentlichen Aussage eines AfD-Mitglieds – die komplette unverhohlene Bösartigkeit dieser Menschen zutage. Das macht aber nichts, im Gegenteil, das ist total geil. Diese Menschen verbringen ihre Zeit z. B. damit, geneigten Deutschen neuen Lebensraum in Deutschland zu schaffen.

Das ist sehr berechenbar, das ist Mathematik.

»Die AfD ist die verfickte Mathematik«, sagte ich zu Klaas.

»Und am Ende steht dann Minus und Plus gleich null, und das ist dann der Tod.«

»Ja, das ist der Tod.«

Wir schliefen lange im Sonnenschein und im Schatten des Tages. Am Abend dann kochte ich uns ein Risotto mit Steinpilzen, Gorgonzola und Prosciutto Crudo. Wir aßen schweigend. Als wir fertig waren, begann ich damit, den Tisch abzuräumen und zu spülen. Ich drehte mich noch einmal zu Klaas um, dessen Haupt auf den Tisch gesunken war.

Offensichtlich schlief er. Und ich bemerkte laut: »Jede öffentliche Äußerung eines AfD-Mitglieds ist nichts weiter als ein respektabler Versuch der Aufklärung über den eigenen moralischen Knacks.«

KAPITEL 16

Es gibt Tage, da hat man den ganzen Mund voller Schweigen. Und mit vollem Mund spricht man nicht. Man schreibt lieber. Also, let's go, here we go again. Es ist noch nicht allzu lange her, es war am 25.11.2016. Die Unterhaltung begann um 15:26 Uhr und endete um 22:35 Uhr. Für diesen Gesprächsstoff sorgte eine Präsentation auf prezi.com, die gesammelte Anfragen verschiedener AfD-Landtagsabgeordneter zum Inhalt hatte. Sie hieß ›Qualitätskontrolle AfD‹ und hatte folgende kurze Inhaltsangabe: »Was die sehr, sehr gute Partei AfD schon alles für Deutschland geleistet hat, ist wirklich erstaunlich. Seht selbst!« Und wir sahen selbst. Und wir schrieben darüber. Wir, das waren Freunde. Oder eher Bekannte. Ist vielleicht auch gar nicht so wichtig.

Ich: Hier mein aktueller Favorit: Lars Patrick Berg, AfD-Abgeordneter Baden-Württemberg: »Liegen ihr (der Landesregierung) Erkenntnisse über Spionage unter Asylbewerbern und Flüchtlingen vor?« Mich fasziniert hierbei wirklich dieser Old-Skool-Gedanke: Wie kommt man im Hirn zu dem Satz? Made my life.
Charly: Hahahaha. Die gesamte Präse kann man auch super als Adventskalender benutzen: Jeden Morgen ein zotiger Witz von den Aluhut-Trägern!
Ich: Das ist sehr lustig, Charly. Und außerdem, das möchte ich irgendwie wirklich loswerden, das sieht man ja z. B. sehr gut an dem Bild, das ich gleich hier unter diesen Beitrag posten werde. *(Ich postete ein Bild von Syrern, die am Ramlet-al-Baida-Strand in Tyros, Libanon, über die Straße gehen, unter diesen*

Beitrag.) Also, und außerdem habe ich mir das schon immer so vorgestellt, dass nun z. B. syrische Menschen z. B. am Ramlet-al- Baida-Strand in Tyros, Libanon; dass die da in ein Boot steigen, über die sogenannte Türkei bis ziemlich genau vor die Haustür von Lars Patrick Berg in das Baden-Württembergische Hyperkaff Remseck am Neckar reisen und ihm dann durch das mit tollen Ado-Gardinen behangene Fenster ziemlich ›spionig‹ auf dem Badde-Wüddebergische Akkuratrasen stehend direkt in die Spätzle reinschauen. Unter den Teller mit den Spätzle vielleicht gar. Der syrische Spätzle-Spion. Diese Vorstellung macht mich gerade irre freitagsfroh.
Charly: On point!
Ich: Hier nun noch das Bild zum Mensch: *(Und ich postete das Bild von Lars Patrick Berg, das man in seiner Wiki findet.)*
Charly: Der hat ja nicht mal einen Schmiss! Lächerlich!
Börn: Ich sehe Unsicherheit und Wut darüber. Einsperren. Sofort einsperren.
Ich: Ich fasse zusammen: Wir sollten Lars Patrick Berg in den Saufraum einer Baden- Württembergischen Verbindung sperren. Hier kann er sich gar ganz galant und elegant seinen Schmiss zulegen. Ich schlage hierzu einen schmissigen Syrer vor. Es gibt ja bestimmt Syrer, die studieren, oder? Ach, nein, Kacke, das sind ja alles Spione. Sorry. Die haben ja dann gar keine Zeit zum Studieren, die müssen ja immerzu spionieren.

›Spionieren & Studieren‹. Notizen eines Syrers.
Charly: Ich bin besorgt! Und verunsichert! Wir müssen jetzt auch mal an uns denken! Wir sind ja nicht das Sozialamt der Welt (eine kleine Reminiszenz an mein Idol Horst)! Und überhaupt: Was ist denn so schlimm daran, ›völkisch‹ zu denken? Warum ist dieser Begriff derartig negativ besetzt? Das sagen auch meine Freunde aus dem Schäferhundhalterverein und der Präsident vom Kegelclub teilt meine Meinung auch!

Um mit Boris Becker mal einen großen deutschen Held zu zitieren – und da haben wir nicht nur ihn, sondern viele: »Ich bin stolz, Deutscher zu bin!« *(Und er postete einen YouTube-Link; ein ARD-Interview mit Boris Becker, in dem dieser sagt: »Ich bin stolz, Deutscher zu bin.«)*
Ich: Weil du ›Des Bobbele‹ per Vorhand ins sogenannte Game bringst, hier meine Rückhand. Der ist doch Marokkaner. Und außerdem Terrorist. Ob das der knuffige Lars Patrick überhaupt weiß? Nach dieser kleinen Rückschlagsportart-Reminiszenz schlage ich vor, wir gehen uns paar Bier und Jägermeister kaufen, nehmen die guten Campingstühle mit, setzen uns vor ein Flüchtlingsheim unserer Wahl und machen alle immerzu: die Becker-Faust. Und bei der Reckbewegung nach oben rufen wir alle immer ganz doll arg laut: »Ich bin stolz, Deutscher zu bin!«. *(Und ich postete einen YouTube-Link; einen Beitrag des NDR, der im Bild Boris Becker vor Gericht zeigt. Im Off redet die Sprecherin jedoch über den 11.-September-Terroristen Mounir-al-Motassadeq.)*
Charly: Hahaha, netter Ansatz, aber weit gefehlt: Schau mal, was für ein Senderlogo da oben rechts eingeblendet ist – Lügenpresse! Staatlich kontrolliertes Fernsehen! Die schaue ich nur, wenn sie Wiederholungen von Ronny's Pop Show zeigen oder einen guten deutschen Film mit Veronica Ferres – ein tolles, deutsches Weib! Und Til Schweiger! Aber zurück zum Thema: Solange da keine Bestätigung von Russia Today folgt, bleibe ich da skeptisch!
Ich: Ich weiß, man kann heutzutage nichts mehr glauben. Ich meine, schau mal: Wenn ich in Ehrenfeld an der Theke stehe und mein Stumpf-Kölsch in mich reinwämse mit den Freunden vom Schäferhund-Verein ›Deutsche Halter, Deutsche Hunde e. V.‹ – ja kann ich mir denn da sicher sein, dass die da alle nicht vielleicht ausländische Wurzeln haben?

Nicht mal in seinem ureigenen, preußischen Refugium ist man heutzutage noch sicher. Selbst an der Theke!!! Selbst an der Theke!!! Und was macht die Lügenpresse? Lügen. Für die gibt es wahrscheinlich die Kneipe noch nicht einmal. Journalistischer Sumpf!!!

Trockenlegen!!! Lars Patrick, an die Gewehre!!! Kleiner Sidekick zu Schweiger Til. In seinem wohl besten Song ›Geh raus aus meinem Traum, Donald Duck‹ sagt Felix Kubin auch: ›Geh raus aus meinem Traum, Schweiger Til‹. Ich finde das gut. *(Und ich postete einen YouTube-Link; einen Live-Auftritt von Felix Kubin mit ebendiesem Song.)*

Ich: Übrigens: Ronny's Pop Show ... eine sehr, sehr gute Show.

Charly: Du sprichst mir aus der Seele! Und genau aus diesen Gründen bin ich letztens der Bürgerinitiative ›Die vom Staat und vom Leben generell Betrogenen‹ beigetreten! Wir suchen Moscheen, Dönerläden und ab und zu auch Flüchtlingsheime auf und stellen dann kritische Fragen! Aber auch vor Gewalt schrecken wir nicht zurück – also das heißt, wir applaudieren und nicken anerkennend, wenn so ein Stein fliegt, wie damals in Lichtenhagen '92!

Ich: Lichtenhagen '92, die Stern- und Geburtsstunde der kritisch-reflexiven deutschen Bürgerbewegungen. Was haben wir gelacht. Ich war damals 11, aber ich wusste schon: Deutsche gut, Jogginghosenbier beste, Döner nix gut!!! Und die Minarette der Moscheen erst: Alle zu spitz für den scheenen blauen deutschen Himmel! Das stört doch!!!

Lügenminarette!!! Kann ich mal mitkommen? PS: Denke gerade über einen Essayband nach: ›Vom Leben gescheitelt.‹ Wahllos zusammengetragene Lebensläufe von AfD-Politikern.

Charly: Sehr gerne! Wir brauchen jeden gesunden deutschen Mann! Stramme Burschen wie dich, die die Nase voll haben und sich eben nix mehr gefallen lassen wollen! Genug ist genug! Das hier ist übrigens unser Präsidentenduo – die waren damals in Lichtenhagen dabei und erzählen die dollsten Storys! Es muss wohl wahrlich Volksfestcharakter gehabt haben.

(Und er postete das Bild, das man von Lichtenhagen '92 kennt: Lederjackenträger steht mit verschränkten Armen herum, daneben jemand in Schlappen und Deutschland-Italia-'90-Shirt, eingepisste Jogging-Hose, Hitlergruß.)

Charly: PS: Das mit der angeblich ›eingepissten‹ Hose war damals so etwas wie die Geburtsstunde der Lügenpresse, wie wir sie heute kennen! Ein Dosenbier ist ihm nämlich auf der Hinfahrt in seinem Volkswagen ausgelaufen! Ha! Was für ein toller Mann!

Ich: Das ist ja mal eine Einladung!!! Alle Achtung!!! So langsam finde ich Gefallen daran. Aber nur so langsam: Denn der stramme, gesunde deutsche Mann denkt nun mal eher so langsam. Und die haben auch alle die Nase voll!!! Jawoll! Das Präsidentenduo ist mir wohlbekannt: Authentische, ehrliche Deutsche, Fußballer, Typus Volksstürmer, zwei Vollgranaten. Und das mit der ›eingepissten Hose‹: Erfindung der F.A.S. – Sonntagslügenpresse!!! Burschen, wehrt euch. Geht nicht im Untergang des Abendlands mit unter. Macht das Abend- zum Morgenland!!! Zum Guten-Morgen-Deutschland!!! Nee, was war das damals toll in Lichtenhagen!!! Was haben wir gelacht!!!

Charly: Aber ja, aber ja! Und jetzt, wo Donald Drumpf aus dem Schwarzwald US-Präsident wird, sind wir dran! Jawohl! #revolutionofwhiteangrymen

Charly: PS außerdem: Toll, wie der Mann die Frauen im Griff hat! #grabthembythepussy

Ich: Es ist unsere Zeit, unsere postfaktische Zeit. Wir sind weiß. Wir sind wütend. Wir sind Männer. #wirsindeinfachdran

Charly: Wenn ich nicht so fett und bräsig wäre und unter dem Pantoffel meiner fetten Alten stünde, täte ich aus dem Stand einen Fackelmarsch organisieren! Es ist Zeit für einen Pogrom! Unsere Parole sollte durch die ganze Oberlausitz, ganz Deutschland und auch die ganze Welt schallen: ›Wir haben euch was mitgebracht: HASS! HASS! HASS!‹ Und das wird es auch bald! Wir sind wieder wer!
Ich: Wie mich – ein weiteres Mal im Leben – das Wort ›Oberlausitz‹ fasziniert. Faszinierend.
Charly: Die schönste Gegend Deutschlands! Inklusive geringem Ausländeranteil und vielen AfD-Wählern!
Ich: Görlitz. Bautzen. Hoyerswerda. Lauta. Städte, die irgendwie auch immer so klingen, als würde der Tagesschau-Sprecher Jan Hofer – der übrigens fast so lange tagesschaut, wie ich lebe – über ausländerfeindliche Übergriffe berichten. Diese Städte hört man in diesem Zusammenhang einfach öfter als – sagen wir jetzt mal – Regensburg. Immer einfach auch schade. Natürlich nie pauschal. Ganz toll übrigens in der Oberlausitz: die Sprache Sorbisch.
Charly: Außerdem spielt da der große FC Energie Cottbus, der seine größten Zeiten bekanntlich unter dem noch größeren Trainer Ede Geyer hatte!

Dann rief mich Klaas an: »Lust, heute Abend irgendwo Mucke hören zu gehen?«

»Ja. Oder einfach mal schweigen.«

KAPITEL 17

Die Beschränktheit des Wissens bereitet mir immer wieder Herzbrennen. Dafür muss man ja auch gar nicht Faust heißen, nur sehr wissenschaftshörig und sehr deutsch sein. Wie Faust halt. Oder gar den Auftaktmonolog gelesen haben. Es sollte prinzipiell normal sein, dass man spürt, wie sehr all das Nichtwissen eine Alltagsdemut verlangt, die uns täglich alles abverlangt.

»Unwägbarkeiten, alles Unwägbarkeiten«, sagte ich zu Klaas, Lao-Lao trinkend.

»Hmm? Bitte?«

»Ich meine nur, wie unwägbar doch alles immer ist.«

»Aha, ja, ja.«

Wir saßen mitten im laotischen Dschungel auf der ausgedehnten Terrasse eines Bungalows des Lao Spirit Resorts in Ban Xianglom und blickten auf den Nam Khan, einen Nebenfluss des Mekong. Wir waren dem doch sehr unwirklichen Luang Prabang entflohen, hatten uns mit Lao-Lao-Whiskey eingedeckt und hörten dem klassischen Deckenventilator zu, der etwas kühle Luft leicht hin und her wog. Die Bungalows wurden in traditionell laotischem Stil von lokalen Handwerkern und Künstlern erbaut. Die Böden aus Palisanderholz, eine Regenwalddusche, im Bad wurden nur hochwertigste birmanische Materialien verwendet. Irgendwie unwirklich. Und wenn sich zur Unwägbarkeit Unwirklichkeit gesellt, ist die Vegetation in der Komfortzone endlich Vergangenheit.

Langsam kam der Abend. Und mit ihm der Sound des Dschungels. Nicht nur aufgrund enormer Mengen des Lao-Lao hatten wir urplötzlich Angst, verrückt zu werden. Tagsüber war es sehr heiß gewesen, ich musste mehrmals mein Oberhemd wechseln. Gegen den Anflug von Wahnsinn benutzten wir dann ein Allheilmittel, das mal nicht von Großmutter stammt: Wir spielten ›Instant Crush‹ von Daft Punk. ›Random Access Memories‹, wie immer der direkte Zugriff auf unseren Arbeitsspeicher. Und sofort wurden die Hirnwinde weniger. Wir hatten uns bei Tageslicht über ebendiese Winde unterhalten: »Kennst du das, wenn du morgens aufwachst und es stürmt im Hirn?«, hatte ich Klaas gefragt.

»Oh ja«, sagte er, »es braust von innen aus den Ohren raus.«

»Und je mehr man an einem Morgen nicht weiß, desto stärker weht der Wind.«

»Und so werden aus Winden Stürme«, sagte Klaas und nippte am Lao-Lao.

So saßen wir lange dort; ab und an ein Satz, ab und an Dschungelsound, ab und an elektronische Musik aus Frankreich. Und so wurde aus dem Abend logisch Nacht. Wir hatten gehört, dass man an einer Stelle des Ressorts ruhigen Gewissens in den Nam Khan steigen konnte. Wir fanden sie schnell und badeten nachdenklich in der starken Strömung. Es war stockdunkel. Von Zeit zu Zeit fuhren kleine Boote vorbei, langsam paddelnd lenkten laotische Fährmänner ihre Boote flussaufwärts. Und nur der schwache Schein ihrer Taschenlampen erleuchtete den dichten Dschungel und die Wasseroberfläche. Derweil mussten wir schon stehen, um von der Strömung nicht flussabwärts getrieben zu werden. »There are known knowns; there are things we know we know. We also know there are known unknowns; that is to say we know there are some things we do not know. But there are also unknown unknowns – there are things we do not know we don't know«, flüsterte Klaas.

Sofort bekamen wir große Angst. Denn in dunkelster Nacht im Nam Khan stehend wurde uns schmerzhaft klar: Unser Nichtwissen ist zu groß. Wir können niemandem helfen.

KAPITEL 18

Einmal habe ich, ohne nachzudenken, das Radio angemacht. Es war früher Morgen, es war ein schwerer Fehler. Denn ich bin ein Mensch, der dem Radio ausgeliefert ist. Oftmals werden dort Lieder gespielt, die viele meiner verborgenen Seelensaiten rühren, sie anzupfen. Bitte oszillieren Sie. Viele Songs können in Sekundenschnelle so viele verschiedene Bilder hervorrufen. Viele Leben, die ich lebte, dauerten demnach so ziemlich genau 3:35 Minuten. Aber das macht nichts, weil ich grundsätzlich davon ausgehe, dass musikwahnsinnig zu sein der einzige Wahnsinn ist, der einen völlig normal sein Leben leben lässt. Zwar einsam, aber nie allein. Und die Melodie der Musikwahnsinnigkeit wird im Radio gespielt. Keine Playlist, kein Verlauf kann leisten, wohin ein Radiomorgen dich zieht. Das Radio reißt uns auseinander, indem es Seelensaiten in Schwingung versetzt, die wir entweder nicht zu kennen glaubten oder in ewiger Stille verweilen lassen wollten. Es lässt uns dann netterweise zerrissen liegen, Kaffee trinken, rauchen oder vielleicht schon morgens um halb zehn irre viel Rotwein aus Deutschland trinken. Dazu bitte immer Käse, Oliven und etwas Baguette. Aber wie oft – und wie viel schöner ist das – setzt uns das Radio dann wieder zusammen? Und das ist der schönste Prozess der Zusammensetzung der Seele, den ich kenne:

»No need
to run and hide …«

Erst letztens – wie man so schön sagt, wenn man davon erzählt, dass man jemanden vor recht kurzer Zeit getroffen hat

– erst letztens bin ich nach zwei Weißweinschorlen in einen lindgrünen Mercedes-Benz 240 D, Baujahr 1976, gestiegen und auf eine deutsche Autobahn aufgefahren. Das ist immer so komplett emotional für mich: sehr leicht angeheitert auf eine Autobahn zu fahren, in dem Wissen, dass es jetzt für eine Zeitlang nur geradeaus geht, dem Radio ausgeliefert. Und das Land zieht vorbei. Einsame Steuerstunden, ein bisschen Alkohol, die Stumpfheit der Autobahn-Mobilität erlebend, aber doch auch immer die Rastlosigkeit, die alsbald in eine Leichtigkeit mündet, die eben nur durch die Kombination einer konstanten Geschwindigkeit und einer heftigen Stimmungsfluktuation, hervorgerufen durch das Musikprogramm westdeutscher Radiostationen, entsteht. So fahrend, fällt auf deine Seele Schnee. Und zwar im Frühling.

So aus dem Fenster schauend, entsteht ein Gefühl in dir, das sich mit ›seit Jahren blauer Himmel, dichter Schneefall‹ am besten beschreiben lässt:

»It's a wonderful,
wonderful life.«

So fahren wir bitte alle weiter durch dieses Land. Weiter allein, weiter zu zweit, weiter in die Ferne schweifen. Nur fahren, nur ja nicht nicht fahren. Fahren wir einfach angeheitert von Deutschland nach Frankreich, ins Entre-deux-Mers und kaufen zwischen den Flüssen Garonne und Dordogne 1000 Flaschen Wein. Es ist sehr schön dort, man kann dort im Spätsommer angenehm durch die Weinanbaugebiete spazieren und sich betrinken. Und wenn man dort z. B. in der Nähe des Städtchens Cadillac herumcruist und sich durch die lokalen Radiostationen zappt, stellt man schnell fest, dass auch die französische Sprache die Seelensaiten in Bewegung bringt. Sie werden – ganz gleich, ob nun ein Mann oder eine Frau singt – zarter angehaucht. Andere Sprache, anderer Wein, andere Seelensaiten:

»Il faut qu'on s'batte
Il faut qu'on se venge
A grand coup de latte
Ou à l'arme blanche
C'est dans nos gènes
Ça nous démange
Il faut qu'on s'batte«

Fahren wir mit dem ganzen Wein in den Holzkisten im Kofferraum wieder zurück. Fahren wir an die Mosel und kaufen da dann nochmals 1000 Flaschen Wein. Dann fahren wir zurück in unsere Heimatstädte, bringen die 2000 Flaschen Wein in Sicherheit. Kühlen den besten Weißwein ein, den wir mitgebracht haben. Stellen die Holzbänke wieder vor unsere Wohnungen, auf die Straßen. Sind draußen, sehen ab und an in die Baumwipfel, ab und an in uns vertraute Gesichter. Nehmen auf den Holzbänken Platz, schenken ein, stoßen an, reden. Gerne auch mal aneinander vorbei. Hauptsache, wir reden. Reden uns in die Nacht hinein. In ihre Rage, in ihre Sanftheit, in ihren Wankelmut. Bekommen Recht, haben Unrecht, erkennen an, erkennen wieder. Erkennen uns in den Gedanken anderer, in den Sätzen der Liebsten, in den Monologen der Engsten, im kurzen Räuspern der Vertrauten. Es fehlt ja nie viel zum Glück, dessen sollten wir uns immer bewusst sein.

Das Radio bringt übrigens immer Klaas mit. Die Holzbank und den Wein stelle ich zur Verfügung. So sitzen wir in letzter Zeit des Öfteren sehr lange auf der Straße und reden und schweigen. Aber meistens hören wir dem Radio zu, wie es an unseren Seelensaiten zupft. Es sind die schönsten Zupfer darunter.

KAPITEL 19

Am 16.01.2017 saß ich vor Mias Homestay auf der vietnamesischen Insel Phu Quoc. Ich saß auf einem blauen Holzstuhl und trank 0,3 l Dosenbier der Marke Bivina. Dazu rauchte ich sehr viele Camel-Zigaretten. Ein Nagel, der asozialerweise etwas aus dem Holz hervorlukte, bohrte mir dann auch alsbald ein Loch in die Hose und eine Wunde in die Backe. Vor mir lag ein altes iPhone 4, 8 GB, weiß. Es lief Raz Ohara and the Odd Orchestras Album ›Raz Ohara and the Odd Orchestra‹. Der Nachtwind war warm, Kinder riefen Dinge und fuhren zu viert auf einem BMX-Rad vorbei. Winzige Töne kleiner Menschen. Mehr Bier, mehr Tabak. Dazu gab es das Gras eines Dresdner Pärchens, das ich am Vorabend gekauft hatte. Das Gras, nicht das Pärchen. Es schmeckte sehr gut, ich hörte das Meer sehr. Ab und an erleuchtete das schwache Licht einer Honda Dream die Kurve vor Mias Homestay. Und man dachte: eine Kurve. Der schöne Bogen zwischen dem, was war, und dem, was kommen wird. Ich liebte diese Kurve Anfang 2017. Und ich werde das noch lange tun. Aus diesem Gedanken weckte mich sanft das Geräusch fein zerriebenen Sandes, der von Buchseiten geweht wurde. Ich nahm mein Handy und schickte Klaas eine Sprachnachricht:

»Ich weiß jetzt, was für ein Gesicht die Alternative für Deutschland trägt.« Es dauerte nicht lange, bis Klaas antwortete:

»Sag an.«

»Didier Eribon, ›Rückkehr nach Reims‹, ist ein sehr gutes Buch. Und dieses sehr gute Buch ist sehr wichtig. 2017 wird gewählt. Und da gibt es eine Partei, die scheinbar letzte politische Rettung Deutschlands. Doch was trägt sie für ein Gesicht? Sie schickt sich an, den Begriff des ›Wir‹ zu wandeln: es stehen sich nicht mehr ›Arbeiter‹ und ›Bürgertum‹ gegenüber, sondern die ›Deutschen‹ und die ›Ausländer‹. Und das heißt: Der Gegensatz zwischen ›Uns hier unten‹ und ›Denen da oben‹, in den sich der zwischen Arbeitern und Bürgertum verwandelt hat, bekommt plötzlich eine nationale und ethische Komponente.

Weil ›Die da oben‹ – ›Die Merkel‹, zum Beispiel – als Befürworter einer Immigration wahrgenommen werden, deren Folgen ›Die da unten‹ angeblich jeden Tag zu ertragen haben. Die Einwanderung wird de facto plötzlich für alle Übel verantwortlich gemacht. Das ist die AfD, die reaktionärste Partei unserer Generation. 0 % für sie. Für immer.«

Because irony is so was von over.

KAPITEL 20

Es ist immer noch der 25. Juli 2017 und natürlich liege ich immer noch auf dem frisch gemähten Rasen eines Dorffußballplatzes und schaue in den Himmel. Dann schaue ich Klaas an, der auch in den Himmel schaut. Und ich weiß: Wir werden uns verändern. Die Tage werden anders sein. Das ist klar. Das gilt für Klaas. Das gilt für mich. Wir werden weitermachen, wo es nichts zu tun gibt. Werden weitergehen, wo es nichts zu sehen gibt. Werden weiterdenken, wo es nichts mehr zu denken gibt. Und natürlich weiterschreiben, wenn das Ende aller Geschichten erreicht worden ist. Gemeinsam werden wir in die Dämmerung schwanken, die Kalt- und Warmluft zum Freund. Durch die Felder wanken, von all den Gedanken zerbeult.

Als wir vom Rasen aufstehen, tickt um uns Dunst. Wir wollen zum Fluss. Und wandern über den Holzgeruch des angrenzenden Waldbodens in seine Richtung. Wir spüren, wie sich die Tinktur von Wurzelstöcken langsam in uns einreibt. Wir gehen weiter durch Dickicht, immer tiefer hinein. Jetzt beginnen Zweige in unseren Köpfen zu belfern. Dann sattgrünes Moos so weich, so schnell so nass. Die Luft beginnt zu fließen, wir kühlen uns damit Wangen und Stirn, kommen in Ufernähe an – wir sind jetzt wach, setzen uns gemeinsam ins Gras. Der Fluss so seelenruhig, unsere Gedanken durchzogen von Tau. Wie wir so sitzen am Rande des Ufers, sind wir seine Gestalten. Mein Blick führt derweil durch wuchernde Blattformen immer tiefer ins Ufer hinein, bis er schließlich den Fluss erreicht. Wir haben das alles von Bleutge gelernt, von Nico, ›verdecktes gelände‹. Die Wahrnehmung wurde erweitert. Auf der Oberfläche des Flusses zieht ein Land an uns vorbei. Zwischenmomente, Gedankensplitter, es sind so viele erdachte und projizierte Bilder. Und hier, an der Grenzzone zwischen Bewusstsein und Zeit, schwimmt unsere Sehnsucht weder mit dem Strom, noch gegen ihn.

»Hier sein, um zu verhindern, was bald kommen wird«, sagt Klaas, steht auf und taucht fast geräuschlos ins Wasser ein. Ich tue es ihm nach. Unter der Oberfläche denke ich: Deutschlands wirkliche Alternative ist die Sehnsucht in jedem Einzelnen von uns. Dann tauche ich auf, suche Klaas, finde ihn. Gemeinsam schwimmen wir flussseitwärts. Durch all die unerschöpflichen Nachmittage dieses Sommers.

ANDI

An all den unerschöpflichen Nachmittagen
dieses Sommers
und insbesondere jetzt,
da wir uns wieder in der Nähe
des Flusses niedergelassen haben,
schwappt es an die Planken meiner Erinnerung:
No Moral Overstretch.

All die schlanken Gestalten im Land,
so plötzlich.
Ein flauer Geruch der Verzagtheit überall, gell?
Die flexible Stumpfheit des
»Das-wird-man-doch-wohl-noch-sagen-Könnens«.

Und die Intellektuellen?
Die sind freundlich zum Fremden.
Aber nicht um des Fremden willen,
sondern weil sie grimmig sind
gegen das Unsere.
Und alles begrüßen,
was es zerstört,
wusste Botho schon 1993.

Ihr Sinnhorizont ist ja so
über alle Maßen elastisch,
so mindestens halbspastisch.

Nicht urplötzlich,
doch auf einmal,
da schwillt er
da draußen wieder an,
dieser widerliche Bocksgesang.

DAS UNGLÜCK DES ÄLTERWERDENS

Und Reim ist kein Zufall der Laute.
Es gibt ihn dort, wo Gedanken zusammenpassen.

Und der Hang zum Irrationalen
ist die Romantik.
Und individuelle Bizarrerien sind nun amtlich –
als kollektive Züge.

Und wenn jetzt Hubert Fichte,
dann die Empfindlichkeit der Geschichte.

Doch die Empfindlichkeit und die Sinnlichkeit
nahmen an einem Tag im September gemeinsam
den Aufzug nach ganz unten.

Dort, wo nicht mal
mehr Tal ist.
Dort, wo so gehobelt wird,
fällt schon bald die Träne.

13,3:
Ihr gehört in das Innere eines Wals.

BEISPIEL AUS ANDEREN SPRACHEN

»Ich musste an dich denken«
ist nur ein zum Beispiel.
Welches die Franzosen
nicht kennen.
Deutscher Denkzwang,
wie charmant.

Und Armut ist
Reichtum
ist umgekehrt
zum Ende hin.

Drei Buchstaben,
eine Welt,
in der deine gottverdammte Realität
zum Ende hin so ausfasert,
so unkenntlich gemacht wird,
so desorientiert wirkt,
so in den Eigenmauern verwachsen scheint.

Es gibt nur einmal eine Luke,
einmal ein Entkommen.
Der Rest ist Warten auf
den wohlverdienten Feierabend.

Und jetzt stehst
du wieder da
und es schmeckt
dir wieder nicht.

Armer
deutscher
Mann.

GEGENWARTSERKUNDUNG

Jetzt –
wo wir uns halbwegs darüber einig sind,
dass es bald kälter wird:
Wie Steine denken.
Dass sie,
davon ist auszugehen.
Wir gehen aus.

Unser Innen besteht aus Fichten.
In unseren Erinnerungen bloß Böen:
Ein ewiges Brausen.
Ein Sturm aus Raum und Zeit.
Gegenwart als Möglichkeit.

Ein Tasten in unseren Materialspeichern.
Ein Wahrnehmen zu vieler Hintergrundstimmen.
Sie erzählen von
überflüssigem Verlieren
von Liebe,
von Fleisch,
von Jugend,
von Sex-Appeal,
ganz generell von Möglichkeiten.

Zu viele verbittern alsbald.
Herzen verwittern.
Trauertrott,
Lebensdauerschrott.
Darüber verbittert sein?

Oh nein.
Lieber schon
alsbald wieder
morgenlichtklar sein.

TILL UPON A HILL

Als wir uns durch
das Mittelalter
unserer Existenz
gaukelten,
durch die Nächte
unserer 20er
schaukelten,
durch sie
astronauteten:

wir glaubten
so sehr ans
Ende der Liebe.

In all den Stunden der
Wachsamkeit
Achtsamkeit
Empfindsamkeit
widersetzten wir uns
eindeutigen Zuschreibungen.

Und die Welt,
so, wie sie ist,
interessiert mich
wenig, aber
dafür herzlich.

Machen wir's
wie einst der Till:
Vernehmen wir
von nun an
nur noch
Musik, die
an unseren
verborgenen
Seelensaiten
zupft.

Mit Gauklerblut
lässt sich so
richtig geil
tanzen nämlich.

TEUTONISCHES GESTAMMEL

Es gibt ein neues deutsches Blöken
on the streets,
on the TV,
on the radio,
surely on the Internet.

Ein teutonisches Gestammel,
ein abstammungsdeutsches Gefasel
dringt, wie Nachtlärm aus Spelunken
dringt, in die sogenannte
Kommentarfunktion ein.
Schleimige Gestalten der
anonymen Internet-Mitternächte,
aber Personen sind das
echt echte.

Draußen treibt der Wind
eine Ahnung übers Land.
Dringt ein in die Ritzen der
Egos, Herzen aus Holz.
Richtiger falscher Stolz.

Aber Nachgiebigkeit führt zur Milde.
Milde wär hier falsch.
Milde wär hier läppisch.
Milde wär hier hingeschmiert.

Viel zu oft macht es einfach
viel zu viel Kopfschmerz,
unter Deutschen zu sein.

Wahrheit 1:
Man muss euch daran hindern,
unwidersprochen Unsinn
von euch zu geben.

Wahrheit 2:
Ihr geht mir alle so
ultra auf die Nerven.

BERÜHRUNGSDAUER 1

Wenn ich könnte
wie ich wollte:

Ein Leben lang
Sonnenlicht,
das auf meinen
Lidern liegt.

Ein ganzes Leben
ein tanzender
Sonnenfleck
auf dem Gras.

Ab und an
benommen in der Fahlheit
des frühen Morgens stehen;
am Himmel sich
ausbreitende, weiße Helligkeit.
Milchigkeitsexistenz.

Lange sitzend als
waberndes Weiß
im Wind der Zeit.
Dann davongetragen werden.
Menschenleer sind nur die Lüfte.

Ein helles Flirren.
Ein entferntes Flimmern.
Ein Flackern in der Dunkelheit.

Ewiger Schwebezustand,
zielsicheres Aufsuchen
der Freiheitsräume.

Singend im schönsten Kauderwelsch.
Trinkend im Dezemberlicht,
wieder alles milchig,
Certosa –
wieder dicht.

Versonnen.
Gedankenverloren.
Träumerisch.
Versponnen.

So angenehm zerronnen,
bereits vor langer Zeit.

DER APPEASEMENT-LIKE-TRICK

Man muss sich das ja auch
mal überlegen,
mal geben,
dass ein Pferd
auf Island
10.000 Likes
auf Instagram
hat.

Das ist hammerhart
ganz geiles
seltsam sattes
schuldbewusstes
Appeasement
gegenüber:

deinem eigenen Leben.

TEILCHENSCHAUER, SONNENWINDE

Komm,
wir suchen
gemeinsam
Pulsare.

WIDER DIE NATUR

Das Gefühl der eigenen
Unwirklichkeit
ist ja oftmals so
groß.

Wie brüchig
eine Welt
sein kann.

Es dauert
bloß eine Sekunde,
ein Menschenleben zu
zerstören.

Und wer sich
Mühe gibt,
der schafft das
deutlich schneller.
Bedeutend schneller.

Dazu bemerkte
einst Jovanotti:

»Affacciati alla
finestra amore mio,
per te da questa
sera ci sono io.«

KAMPFGEWICHT, ONLINE

lisa_shorts92
melody_unlimitedfreedom
Ramsia Hartl – Hypnose mit (Herz)
Professional Trader
Hochzeitsfotograf Frankfurt

Mr. Düsseldorf
In love with reading books
Cashflow Queen
Personal Car Shopper
Mietautor

Dann ist
ja alles klar.
Keine weiteren
Fragen.

but first coffee.
So ein Dreck ist das alles.

An dieser Stelle
möchte ich:
esteban_schimpf
und
Takis Würger
danken.

Für ihre
äußerst stabilen Namen.

DAUGHTER

Kommt irgendwo
auf dieser Welt
ein Junge oder
ein Mädchen
zur Welt,
hat sich einfach
viel zu wenig
geändert:

»And now rules me the king.«

Das gilt vielmehr
für Mädchen.
Das ist so
widerlich.

SEHR VIEL HÖHERE GEGEND, EINE ÄLTERE GESCHICHTE TEIL 1

Die Menschen,
auf die es wirklich ankommt,
sind wirklich wenige.

Und trotzdem versumpfen
wir alle so häufig in
falschen Freundschaften.

Hier,
in der Wirklichkeit.

KLANDESTINE KINDER

Vom Wald her kommt ein Flüstern,
hehe.
Geh da nicht hin,
zu viel Sinn
da drin,
mein Kind.

Nebel hängt
zwischen Bäumen.
Wipfel verschwinden im
dunklen Himmel.
Geh nicht da hin,
mein Kind,
hehe,
des Waldes Wiesen
so ultraschwer vor Nässe,
nachts so ultraviel Regen gefallen.

Aber so geh doch jetzt hinein,
geh rein,
dreh jeden Stein um –
ihn mitzunehmen.

Einst waren auch
diese Steine jung
wie das Moos,
mindestens.

Mein Kind:
Wirf nach deiner Rückkehr dann
jeden Stein
am besten in jedes Fenster rein.
Bestimmt verschwindet
der Spuk dann.

hehe.

ALT4

Sind Sie einmal
auf einer deutschen Autobahn
gefahren und
dabei im Dämmerlicht
von einem Taxi
überholt worden,
in welchem eine
alte Frau
auf der Rückbank
saß und sich
mit Blick
in ihren Handspiegel
den tiefroten
Lippenstift nachzog?
Und dann
zu Ihnen rüberschaute?

So viel Grazie.
So unfassbar viel
gelebtes Leben.
So viel Zeit,
die nie wiederkommt.

Man erkennt den Wert einer
Gesellschaft daran,
wie die Alten
mit uns umgehen.
Und nicht andersherum.

Ach so,
kein Grund,
bitter zu werden,
wenn nicht.

PALINDROM

Ich will keine neuen Wörter erfinden,
wie so Dichter das so machen.
Ich will keine Zeit schinden,
wie Dichter das so machen.

Ich will einwachsen in Rinden,
wie so Dichter sich das so vorstellen,
und Idioten am Wegesrand finden,
wie Dichter sich das so vorstellen.

Ich will nicht den Sinn vernichten,
wie so Dichter das so machen.
Ich will auch niemals Gesellschaften sichten,
wie Dichter das so machen.

Ich habe
dazu
einfach
keine
Lust.

Hey, Dichter:
wash the sins,
not only the face,
wenn ihr mal den Fluss erreicht.

Nipson anomēmata
mē monan opsin,
sinngleich.

DER VON-ETWAS-HALTEN-TERROR

Ich halte wenig
davon, dass
alle immer
andauernd
irgendwas von
irgendwas halten.

Es hat halt
so etwas
total Verlangsamt-Gegenwärtiges
und man kann es nicht abstreifen
und man muss es tun,
wie einmal »Fiderallala« gehört,
es wieder und wieder singen.

Bloß
Inhalt
gibt
Halt.

DIE WAHRHEIT IST IMMER LÄCHERLICH

Es gibt
zwei Systeme:
Das Ökonomische
und das Sexuelle.

Durch das Sexuelle
versuchen wir so
oft wie möglich
in die Ewigkeit
zu atmen.

Durch das Ökonomische
sind wir gezwungen,
so oft wie möglich
in die Gegenwart
zu atmen.

Es entsteht dadurch
der unabänderliche
Lauf der Dinge.

Das Geschrei,
das du –
insbesondere
sonntags –
beim Bewusstwerden
dieser Unabänderlichkeit
des Daseins vernimmst,
kommt von ganz tief innen.

Und systemimmanent ist
die ständige –
leider nicht affektive –
Präsenz von
Gewinnern und Verlierern.
Zu welcher Seite gehörst du
jetzt gerade?

Ganz egal, zu welcher,
ich sagte ja bereits:
Die Wahrheit ist
immer lächerlich.

ZENTRUM FÜR POLITISCHE SCHÖNHEIT

Einst standest du
vor der Menge und
es war betimmt
ganz schön warm
in der Halle.

Oben auf dem Podest war es bestimmt
ganz schön warm.

Die Herabsetzung einer Person bis
zur völligen Nichtswürdigkeit
seiner Sprecherposition
geschieht im Allgemeinen
fast wie von Zaubermund.

Und du bist
ein Haufen
der Geschichte:
Die Blastozyste steht an
der Grenze zwischen
Zellhaufen und Lebewesen.
Ihr ethischer Status ist:
umstritten.

Und Misophonie ist
der Hass auf Geräusche.
Jedoch wie
zum Teufel
nennt man
den Hass
auf Töne
aus Mündern
wie dem deinigen?

Bevor jetzt jemand
den Raum dieser Sprache
betritt und die ganz große
Altruisten-Philanthropen-Keule
herausholt, sage ich das,
was Beuys sagte:

»Ich weise darauf hin,
dass das erste Produkt
menschlicher Kreativität der Gedanke ist.
Und sage aus diesem Grunde:
Denken ist bereits Plastik.
Gedanken wirken in der Welt.«

Daher all die Gedanken,
all das Anschreiben,
die tiefe Verachtung,
die hohe Achtung:

vor unserem
Sinn des Kampfes.

ÜBERDRÜBERPOPULATION

Nichts gegen alle Mütter dieser Welt:
Aber es sind einfach
zu viele Kinder
auf dieser Welt.

16.12.2017

Was Freud freut
Beuys bereut.

Wo Dath für immer
in Honig,
da Houellebecq
die Gestalt am letzten Ufer.

Wo Goetz' Blut
in Klagenfurt,
da Kracht
in den Neckarauen.

Komm,
nimm
meine Hand,
hier im Faserland.

Wo Hillenkamp
in Fußabdrücken fliegt,
da Herrndorf mit Maik und Tschik
in Feldern liegt.

Wo Eribon
nach Reims zurückkehrt,
da Espedal
wider die Kunst lehrt.

Komm,
nimm
meine Hand,
hier gemeinsam Faserland.

Wo Knausgård
in der Seele Amerikas,
da von Uslar
im Deutschboden.

Komm,
nimm
meine Hand,
wir gehen gemeinsam Faserland.

BERND HÖCKE KAUFT SICH KEINE HOSE, GEHT ABER MIT MIR ESSEN.

Bernd hatte Hunger,
also gingen wir in
sein Lieblingsrestaurant:
»Vom Leben gescheitelt«.

Freitags gibt es 2 Menüs:
»Holland in paar Tagen«,
annektierter Frischfisch.
»Überfall auf Polen«,
schnell noch was Schlesisches.

Es war aber Samstag.
Und so entschied er sich
für die »Nürnberger Gerichte«.
Hmmm, Mampf, Grmpflpimpf,
ein Helles für den Braunen.

Es sind dort keine Kellner
anwesend;
man bekommt seine Speisen
mit kleinen
Deportationszügen an den Tisch
gefahren.
Er lacht wie ein Kind.
Und quiekt wie ein Schwein,
er kann ja gar
so garstig sein.

Ich sage:
»SS jetzt, sonst wird's kalt!«
Er widerte:
»Ich SS schon!«.
Ich sagte:
»Etwas Apfelmussolini dazu?«
Er widerte:
»Ich schmecke: Hier wird mit Gas gekocht!«

Der Bernd.
Wir aßen –

Und nach dem Nachtisch
noch kam der Koch
und brachte Bernd
einen Hitler-Gruß aus
der Küche.

Es war so schön.
Er schwitzte so stark.
Er redete so gut.
Es war ja
alles so wie immer.

OVER THE DOG

Seit einer
halben Ewigkeit
bellen dort,
wo ich
mich bette,
Hunde.

Oder zumindest einer.
Und es ist nicht so,
als ob mich das
erotisieren würde.

EURE WELT

greift alles an
wofür wir denken
kämpfen
reden
leben
beben
pulsieren.

Nur weil sie
existiert.

Und die Frage ist
vielleicht auch einfach
mal nicht,
wie wir damit
umgehen.

Sondern einfach nur:
Warum existiert
sie?

ANWESENHEITSNOTIZ

Ein Mann prescht in einem
blauen IVECO-Transporter
eine unbefestigte Straße hinauf.

Felder führen durch Hügel.
Wind von den Wiesen her.
Er treibt Wolken übers Land.
Der schemenhafte Apennin.

Kleine Fernseher in Küchennischen.
Ein alter Mann in
Militäruniform hält
einen Schlauch in der Hand.

Ein Familienvater holt
zwei gelbe Luftballons
aus einem roten Toyota.

Eine Frau steht vor
einem Olivenhain
und telefoniert mit
ihrem iPhone.

Im biologischen Supermarkt
halte ich eine Fleischtomate
hoch, begutachte sie
und kaufe ein Brot.
Im Radio läuft
Sergio Cammariere.

Ständig parlierende Männer
am Ende eines Zebrastreifens
künden von sozialer Bindung.

ÜBER EINSAMKEIT

Immer,
wenn ich einsam bin,
beginne ich,
mit meiner Verdauung
zu reden.

BIRDBLUES

Schreiben ist immer Ausdruck
meines Bezugs zur Welt.
Am schönsten ist es
am Morgen,
wenn die Ich-Maschine
noch nicht ganz
auf der Höhe ist.

Heute,
im Morgennebel
von Hagel
durchmischt:
Blicke auf Rehe.
Was ist mit meinem
Wohl,
was mit meinem
Wehe?

All die Gesänge,
jemals erklungen,
all die Duette,
die Welt durchdrungen:
Die Endlichkeit lässt
sich nicht abstreifen.

Jetzt fällt ein Strahl
Sonne auf die
nachtnassen Wiesen,
gibt den Blick auf
Möglichkeiten frei.

Die Möglichkeit des Glücks,
Empfindungstiefe.
Hinter einem Baum,
dessen geteilter Stamm
aussieht wie eine Zwille,
steht ein Mann,
es ist unwiderlegbar
der Handke Peter.

Er schaut aus
seinen Notizen auf
und fragt:
Hast du jemals
einen geglückten Tag
erlebt?

ZWISCHEN ZEIT

Und die Lebensintensität
steigt mit den
fehlenden Filtern.
Weil immer alles
so direkt auf einen
zuprallt.

Wir leben ein
Meteoritenleben.
Kein Filter
für alles.

Hitze
Hetze
Hast
Rast

Fast ein Leben
in Ehre und Ruhm.
Fast wie Nichtstun
und daher den
ganzen Tag beschäftigt.
Wir reden ja immer
so heftig über die Dinge,
die uns beschäftigen.

An Tischen.
Zwischen Tischen.
Zwischenräume,
zwischen Zeilen,
zwischen Zeit.

In der Zwischenzeit:
Das ist unser Leben,
eilen wir dem Tode
filterfrei entgegen.

DÉFORMATION PROFESSIONNELLE

Ich glaube,
wenn man jeden Tag
in den Spiegel schaut –
so wie ich das
seit Jahren mache –
hat man nur
vor einem einzigen Moment im Leben Angst:

Und zwar dass man einmal reingeschaut und festgestellt dass man schlagartig älter geworden ist und das obwohl man jeden Tag in den Spiegel schaut man hätte das doch merken müssen in Prozessen oder zumindest Subprozessen doch da war nichts kein Makel keine Fehler oder eben bereits schon zu viele Makel und zu viele Fehler aber nicht dieses schlagartig Gealterte und du denkst und suchst und findest die Tage nicht mehr, die Stunden nicht, du findest keine jüngere Vergangenheit und du weißt dass es ab jetzt unaufhaltsam nach ganz unten geht.

Alle deine Ängste,
alle deine Zweifel
sind in diesem
Moment präsent.

Du hast dich der
Endlichkeit gestellt.
Ab sofort kannst
du glücklich werden.

ANDEUTUNGSBEFREIT

Ich unterliege einem
unzähmbaren Drang,
Dinge immer schon dann
wegschmeißen zu wollen,
wenn sie noch voll sind.
Das finde ich
voll uncool.

Ich hasse das Land
Indien und seine
Überbevölkerung.
Primitiver sind nur
noch Australier.
Die sind aber
zum Glück
nicht so arg viele.

Und ich tu mich
immer sehr schwer damit,
Menschen nicht für
Tiere zu halten,
weil ich damit
Tiere ja für
Menschen halten würde.
Und ich mag manche Tiere sehr.

Ansonsten bin ich
im Allgemeinen
sehr altruistisch
unterwegs.

ERINNERUNGSWAHRHEITEN EINES GYPSY

Du warst baden
in deinem schönsten Sommerkleid.
Jetzt kleben deine
noch nassen Haare
von innen am Seitenfenster
des Autos.

Ich schau zu dir,
du schaust raus.
So sieht's
einfach mal aus.

Und einmal
wolltest du mit
meiner Vespa fahren:
Wir restaurierten Backen.

Es handelt sich
im unendlich
gedehnten Nachhinein
um Jahre,
die wir gemeinsam
auf dieser Bank saßen.

Manchmal schreiben wir noch.
Es soll sogar vorkommen,
dass wir gemeinsam Kölsch trinken.

Es sind im Vergleich
zur Gesamtzeit
unfassbar kurze Momente.
Ich liebe sie.

Und doch wusste ich,
nachdem wir gleichzeitig
von uns gingen,
dass die Zukunft
ein einziger
schwerer Tag wird.

WIPFELBLUTEN

Und wenn wir es schon nicht schaffen,
als Individuum –
alsbald logisch zur
sogenannten
Gesellschaft werdend –
in die Zukunft zu denken,
weil die gegenwärtige Vielaspektizität
der Ereignisse um uns herum
uns so erschaudern lässt:
so Sehnsucht bitte.

Die Hitze des ersten Sommerferientages,
sitzend auf abgeernteten Weizenfeldern,
Hitzeflimmern wird zu
trockenem Glück,
lässt die Augen brennen;
Irisfeuer.

Wangendreck und Kniekrusten,
Blicke nur himmelwärts,
stumm mit den Freunden,
taub für die Rufe der Mutter;
kein Tag war jemals mehr
so unendlich lang.

Oder die Ankunft am Meer,
Frankreich aha, yeah, yeah.
Der erste Schuh dort ein Stan Smith,
die Gürteltasche von Lacoste,
auf dem Schulhof dann:

das tragen Marokkaner.
Black, blanc, beur,
und die Sehnsucht
Maghreb begann.

Im Radio sodann:
Youssou N'Dour
Boul ma sene,
boul ma guiss madi re nga fokni mane,
Neneh Cherry sent me
away and I was away
for 7 seconds,
just as long as I stay,
Montpellier, Marseille,
Marseille away.

Oder des Sonntags,
nach dem Fußball
die Alten in den Kneipen,
wir waren Klingelmännchen,
Mutprobenmenschen,
danach erstmal
paar Cola.
Nie gieriger getrunken.

Das Ende der Sommerferien,
diese letzte Nacht,
das aufregendste Einschlafen der Welt:
Was wird morgen?
Sind alle wieder da?
Wenn ja: wie sehen die aus?
Wer kommt neu in die Klasse?
Hoffentlich keine Mädchen,
die sind alle doof.

Diese Stunden zwischen
verzweifelter Einsamkeit
und lebensbejahender Leichtigkeit;
keine Nacht war jemals mehr
so unendlich lang.

Viele Jahre später sollte
ich in einem Roman lesen:
»Die Ewigkeit der Kindheit ist nur
kurz, aber das weiß er noch nicht;
die Landschaft gleitet vorüber.«

Jetzt sitzen wir hier
in Wipfeln über Industriegebieten.
Die Sonne geht so unter
wie auf Instagram.
Über dem Asphalt,
über den Hallen der
ansässigen Speditionen.

Und wir bluten.
Wipfelbluten.

KLAAS

An all den unerschöpflichen Nachmittagen
dieses Sommers
und insbesondere jetzt,
da wir uns wieder in der Nähe
des Flusses niedergelassen haben,
schwappt es an die Planken meiner Erinnerung:
No Moral Overstretch.

Ich spreche zu den Metropolen
und deren Peripherien.
Zu den Städten, Dörfern.
In die Flecken, die Weiler,
die Käffer:

Ihr erbärmlichen
Elendsgestalten,
wildharrend in eurer
eigenen Unfähigkeit.

Ihr seid bloß Gespenster.
Die im tickenden Dunst
kaputter Alltage umherirren.

Es gibt kein Prekariat,
kein Proletariat.
Keine – bäh, bläden – Intellektuellen,
keine Eliten, das nicht, nein.

Aber wisst ihr was?
Die Menschen haben Angst vor der Zeit.
Und die Zeit hat Angst vor Gedichten.

ANGST, ADDITION

Nicht gerade unweit
von eurer Angst
vor allem Fremden
residiert euer Schwindel.

Und wenn wir nun
davon ausgehen –
was wir jetzt einfach
mal tun, weil
so viel Freiheit muss insbesondere
in einem Gedicht ja sein –
dass Angst der
Schwindel der Freiheit ist plus
dass der Mensch Angst
braucht, sonst
lernt er ja nichts,
ist es sicherlich
sogar ganz gut,
dass ihr Angst
vor allem Fremden habt.

Ihr lernt ja
sonst nichts.

MEISTGEHASSTE FEINDIN

Die der Gleichheit.
Die der Gerechtigkeit.
Die der Sehnsucht.
Die der Angstfreiheit.

Die vom Ende der Ausbeutung.
Die vom Liquid Citizenship.
Die der Postnationalität.
Die der Safe Places called Earth.

Die einer anderen Welt
ganz generell.

Unser
Utopieverlust
ist eure
Utopie.

Seid euch da
mal ganz sicher.

ROMEO

Ohne Ambivalenz
wären wir nur
Maschinen.

Aber das Entscheidende
ist am Ende immer
die Ambivalenz.

Logisch bereits jetzt
die Aufgabe unserer
weiteren Existenz.

ICH BIN SO

Ich vertrau nicht,
ich verlauf mich.
Das Ich nichts.
Wie gehst du
durch die Tage?

Ich seh mich
als Irrwisch
Flattergeist
Tschechow

Der literarische Aspekt
dieses Gedichts
ist ein Drecksack.
Ein Lump,
just plump.

Eine Gestalt
der Absonderlichkeit.
Wie weit,
wie weit.
Unser Degen bleibt
zum Angriff bereit.

Tropf, tropf,
in die Rinne,
tief das Meer,
erhaben die Zinne.

ES GEHT IMMER UM ALLES

Und warum sollte
es auch
nur einen
einzigen
Tag um
weniger gehen?

Und ja,
das ist
anstrengend.

STRASSE, BEGEGNUNG

Du gehst eine Straße entlang.
Dir kommt ein Auto entgegen.
Du schaust dir Auto und Fahrer an.
Das Auto fährt vorbei.
Du drehst dich um.
Jeder, der halbwegs bei Sinnen ist,
dreht sich um.
Und dann:

Wer war das?
Was macht der?
Wo kommt der her?
Wo fährt der hin?
Was macht der dann da?
Und wann fährt der da
wieder weg?

Universelle
Existenzfragen ziehen
die Verbindunglinien
zwischen uns
Menschen und
der Zeit.

Eventuell.

BERÜHRUNGSDAUER 2

Du erhebst dich,
berührst nichts,
misst die Stille aus,
machst das Radio an,
die Berührungen
schon lange
lang –
her.

Immer hin,
nie her.
Doch da ist
ja keiner mehr.

Du hättest wohl
gerne wieder etwas
von diesem Druckschmerz,
der entsteht, wenn Menschen
sich zu lange umarmen.
Was gelinde gesagt
genauso beschissen ist
wie gar keine Umarmung.

Und plötzlich bekommt
alles diesen widersinnnigen Touch,
der kurz nach dem Eindringen
einer Rosendorne in
die Fingerkuppe entsteht.
Zumeist am Daumen.

Als ob dein
Herz verschimmelt
Und als ob es
das nicht
alsbald tut.

Komm,
lass dich
endlich
wieder
drücken.

TEILCHENSCHAUER, SONNENWINDE

Ja,
lass uns
gemeinsam
Pulsare
suchen.

WIRKLICHKEITSEVOKATION

Eure Existenz ist Terror,
euer Dasein Error.
Eure Frustration tötet Toleranz,
euer Hirn eine einzige Vakanz.

Geistlos und verachtenswert,
stürzt euch alle mal ins Schwert.
Nutzlos wie ein Bleistift ohne Mine,
was für Pokale – und welch Vitrine!

Ihr seid weder groß noch klein,
ihr seid eigentlich gar nicht am Sein.
Ihr sitzt nie am verlängerten Hebel,
eure klare Sicht unser Nebel.

Argumentativ wird bei euch gehobelt,
also fallen da Späne,
Ostentativ wird bei euch geknobelt,
jedem Tal seine Träne,
jedem Aas seine Hyäne.

Aus Orten deutsch,
egal ob vor oder nach der Wende:
Was ihr braucht,
ist ein Neuanfang.
Und zwar
mit offenem Ende.

ÜBER VERGÄNGLICHKEIT

Ich entkorkte
und schmiss
ihn ins Feuer.

DIE BOYS VON VOLTERRA

Sieh jene Tauben in hohem Bogen
auf alte Etruskerstätten koten.
Sieh jene Boys
jene Girls benoten.

Sieh sie gemeinsam rauchen.
Stummel der Zeit.
Sieh nur wenige Menschen in der Stadt.
Manchmal frage ich mich,
ob wir solche Dörfer brauchen.

Aber sieh,
wie rotzig sie da sitzen.
Jugendlicher Dreck.
Geil.

In ihren Augen eine
absolute Asozialität.
Diese stumpfe Wachsamkeit
der Pubertätsmitte.
Die Fähigkeit, stundenlang
gemeinsam dazusitzen
und zu reden.

Zu trinken.
Zu kiffen.
Zu küssen.

Sie wissen:
Ich bin bald alt.
Ich weiß:
Sie werden's schon bald.

Die Endlichkeit des eigenen Daseins
wird einem dann bewusst,
wenn die Boys von Volterra
an einem nebligen Dezembertag
die Kälte ihres Blickes trainieren.

EMPFINDUNGSABGÄNGIGKEIT

All wild,
all silent.

All extro,
intro-
vert
tea.

I'm all at sea
with me.
Breaking the waves,
so dass das Meer
flach ist.

Flachheit lässt
Endlichkeit entstehen.
Und in dieser
rebellieren die Träumer
jedweder Generation.
Ich erkenne euch in mir
durch all das,
was uns fehlt.

All der Spott,
all das Linkische,
all der Hohn.
Und insbesondere:
all der Argwohn.

WOLFSMILCHGEWÄCHS

Steh auf komm mit steh auf,
lass los los lauf –
wenn's dir
mal wieder
alles zu viel wird
in der Eigenhülle
namens Haut.

Geisteswut
durchbricht das Innere
deiner Schädeldecke
Raus, raus und
Gott, verrecke.
Du legst eine lange
Strecke zurück
mit dir alleine.
Am Wegesrand denkende Steine,
aber wenn die Gedanken denken,
dann gemeine.

Es ist kein Tag
zum Freunde machen,
doch alleine will ja keiner sein.
Denk dagegen
an –

allein.

IDEE, MARKTREIFE?

Es war einmal
2008 in Deutschland.
Die Duftexperten
der Autoindustrie
waren verzweifelt:

Da macht man sich 1000 Gedanken,
um dem Innenraum eines Neuwagens
einen speziellen Geruch einzuhauchen,
und dann baumelt da als Allererstes
eine kleine Papptanne am Innenspiegel.

In welch Auto man auch blickte:
Wunderbäume überall.
Dieses sogenannte PKW-Parfüm
gab dem jeweiligen Innenraum
ein völlig anderes Odeur.

Besonders beliebt beim
deutschen Autofahrer
waren die Sorten:

- Vanille
- Sportfrische
- Neuwagen

Sehr geil eigentlich,
sich in einen Neuwagen
den Duft Neuwagen
zu hängen. Egal.

Doch bald aus der
Traum vom Baum,
welch Wunder,
neue Idee,
mehr Zunder:

Oh Wunderbaum, oh Wunderbaum,
jetzt lass es Rizin rieseln.
Leise, wie wenn Schnee
auf Schnee fällt.

0,3–20 Milligramm genügen,
um einen Menschen innerhalb
von 36–72 Stunden zu töten.
Und Nazis sind ja auch nur Menschen.
Und auch nur Menschen fahren Auto.

ENTGEISTERT

Mir ist in letzter Zeit
oft schwindelig vom
Alleinsein.

Pein wie jeder von dein' Reim'n.
Ich habe Schmerzen und
jeder Tag ein Nein,
mein Nein.

Können wir bitte
mal wieder mehr
Nein?

Zu Kollaborationen.
Zum Einsatz jeder Drohne.
Zu jedem Hurensohne.

Zu GroKos.
Zu Bokos.
Haram. Salam.
Nein. Salem.
Aleikum.
I like um, ma.
Sale I don't like,
umma I like
salem aleikum,
-50% Fight und wir
wären naturgemäß
etwas weiter,
aber seis drum. ma.

So can I entspann mich
und dich auf Arabisch?
Einmal gen Mekka
with Salt 'n' Pepa?

Ach ja!
So könnte man doch nur
Vorteile abbauen
wie beispielsweise
Marmor.

Hat aber auch wieder
mit Hauen zu tun.
Blöder Gedanke.

BEHÜBSCHUNG, VERSUCH

Vielleicht ist es ok,
dass man sich verliert
nach einer Zeit,
vielleicht ist es normal.

Das ist sehr normal.
Es ist gut,
es zu wissen.

Es wird wieder
einen neuen Sommer geben.
So wie alles neu wird.
Hitze.
Endlichkeit.
Liebe.
Keine Liebe.

Vielleicht zu
gegebener Zeit
mal ein
Glas Wein.

Vielleicht nochmals
sitzend im Teilchenschauer,
lauschend den Sonnenwinden.
Im Gespräch,
der Zeit entkommend.
Wenn auch nur
für eine Sekunde.

Nur noch einmal spüren:
Erhabenheit Zeitenthobenheit.

GEDICHT FÜR EINE TÜR

Du bist blau und blass.
Ich bin blau und nass.
Du bist aus Holz und verschlossen.
Ich bin aus Holz und zerschossen.

Du bist einsam und ohne Worte.
Ich bin einsam und ohne Orte.
Du bist da und schon alt.
Ich bin auch da.
Und mir ist kalt.

SEHR VIEL HÖHERE GEGEND, EINE ÄLTERE GESCHICHTE TEIL 2

Fakt ist:
Diese Menschen reden zu viel.

Hören wir ihnen
aufmerksam genug zu,
erreichen wir eine
sehr viel höhere Gegend,
eine ältere Geschichte.

Es ist ein fernes Echo
jener Momente.
Ein Berg,
das Salz.
Eine schwärende Wunde
der Zeit.

Fakt ist:
Wir wollen dort nicht sein.

Es ist eine Gegend,
in der keine Vögel mehr
zu hören sind.

Woke up and for the first time,
the animals were gone.
Wir wissen alle,
was das heißt.

HIER

wo ich bin,
sind lange Wege,
niemals gegangen,
zum Gehen.

Du oder ihr
werdet sie
niemals gehen.

Dafür ist da
zu wenig da.

So ist bei
euch Substanz
kein Verlust
weil war ja
niemals da
vielleicht ja gar
»Minussubstanz«
von Anfang an.

OVER THE CAT

Whenever
I want to make a
journey
I ask the owner
of the house
one or two
simple
questions:

»Do you have a cat?«

If the answer is no,
there is no second one.
But if the answer is
yes, I ask the second one:

»Can you kill the cat
before I arrive?«

IN DIESEM GEDICHT HAT ES GEREGNET ODER NICHT

Vor dem Haus
neben dem
Kakibaum stehend,
rauchend.

Ich höre den
Regen der Jahre
auf meinen
Frontallappen prasseln,
suche Schutz unter
meinen Haaren.

Unter einem Verschlag
ganz in der Nähe
hört man jemanden
Holz spalten.

Es ist an
diesem Abend
das einzige
Geräusch
von Belang.

Und ich stehe weiter.
Kaki.
Baum.
In den Ohren nur den
Regen der Jahre.

EINMAL HAT JEMAND EINEN GRIFF AN DIE REALITÄT GESCHRAUBT

Wenn man vor einer Sache
auf dieser Welt
Angst haben sollte,
dann vor einem
Glioblastom.

Was dann bleibt,
ist nur Gemüse.
Niemals mehr
Herr im eigenen
Hause.

Zum Glück haben
die verhurten
Germanisten
nur seine Waffe,
nicht seine
Manuskripte in
die Hand bekommen.

Silbernes Ziehen
im Hinterkopf.
Nachladen.
Für Herrndorf.
In Liebe.

SERVIETTENWIND, SOMMERMORGEN

Einmal in deiner Jugend
hast du dich vielleicht verliebt;
they call it
unsterblich
wenn ja.

Dann vergingen
viele Jahre.

Viele Jahre später
stellst du im Gespräch
mit dieser Person fest,
dass du noch nicht einmal
sagen könntest,
ob du diese Person schlau
oder dumm findest.
Du erschrickst
ob dieses Unwissens sehr,
bist Angst,
bist Zweifel,
bist Alkohol,
bist bald.

Es vergeht eine einzige Nacht.

Du wachst auf und denkst:
Es ist die schönste Unvoreingenommenheit,
noch nicht einmal das zu wissen.
Die reinste Form der Zuneigung.
Die edelste Form der Liebe.
Es ist so verdammt unfassbar unvoreingenommen.

Du gehst in die Küche,
bald Kaffee kocht.
Auf dem Boden liegt eine Serviette,
auf die etwas Morgensonnenwind fällt oder weht.
Das kannst du selbst entscheiden.

Jetzt denkst du:
Es gibt einen Unterschied zwischen Menschen,
die Servietten zerknüllend aufheben,
und denjenigen,
die sie mit Vorsicht,
sprich Zeigefinger und Daumen,
auflesen.

Du liest sie also auf.
Das dünne Papier bewegt sich
schlicht im Morgensonnenwind.
Unvoreingenommenheit,
wärmster Herzhauch jemals gespürt.

Geh jetzt raus, mach den Tag.
Du hast einstmals geliebt.

ENDE, GANZ KURZ DAVOR

Nun ist es draußen bereits dunkel.
Wollen wir gemeinsam warten?

Auf kichernde, wirre Irrlichter,
auf glockenklare Stimmen aus der Schwärze.
Letztschlussendlich auf Sphärenharmonie.

Aber wir schliefen ein.
Aber wir standen auf.
Dann erfanden wir kurzerhand
die Sonne
und die friedliche Morgenröte.

Vom Fluss aus
ist nun Wald zu sehen.
Durchschreiten jetzt.
Bloß ein recht mittelmäßiger
deutscher Wald.
Entsetzt.

Doch zwischen den Wipfeln
hellblauer Himmel.
Wir sind hier da,
wir sind hier real.

Und jeder Ort, an dem wir
Menschen leben,
ist nicht bloß Natur.
Er ist Geschichte.
Und das hier,
das ist doch nur ein Land.

forest here once,
forest here again.

THORSTEN PÜTZ

In Eschweiler in Deutschland wurde Thorsten Pütz am 5. November 1981 geboren. Nach der Schule nahm er in Köln das Studium der Medienwirtschaft auf und arbeitete anschließend bei verschiedenen Werbeagenturen in der Schweiz, Österreich, Deutschland und London. Danach begann er zu reisen. Im Januar 2017 erschien sein erster Gedichtband »trottelkollektive«. Er zählt zu den Vertretern der Neuen deutschen Lyrik. »Flussseitwärts« ist sein erster Erzählband.